Je vous souhaite
la pluie

Elizabeth Tchoungui

Je vous souhaite la pluie

roman

LE GRAND LIVRE DU MOIS

Femme nue, femme noire
Vêtue de ta couleur qui est vie,
De ta forme qui est beauté.

Léopold Sédar SENGHOR

« Ce n'était pas une ville, c'était un gouffre. »

Frédéric BEIGBEDER

Note de l'auteur

Cher lecteur,

L'Afrique contribue à la vitalité de la langue française. Ce roman comporte des expressions et des mots créés et utilisés sur le continent africain, et notamment au Cameroun. N'hésitez pas, au cours de votre lecture, à consulter le lexique placé en fin d'ouvrage.

PREMIÈRE PARTIE

Hivernage

1

Elle avait trop d'orgueil pour faire boutique mon cul. Dommage, c'était un lourd handicap. Quand Dieu vous a concédé la plus belle chute de reins du quartier Essos, les pommettes les plus saillantes de Yaoundé 4e arrondissement, le sourire le plus dévastateur de la province du Centre, et la peau la plus veloutée du Cameroun, ne pas écarter ses cuisses fuselées à qui mieux mieux, c'est se fermer les portes du paradis, se faire reléguer au purgatoire par un saint Pierre énervé, tout en désapprobation lippue :

— Vois-moi cette fille-là ! Elle croit même que quoi ? Vrai de Dieu, elle n'a rrrrien compris ! Mouf ! rentre alors chez toi, au quartier.

Le quartier, l'horizon modèle réduit de Ngazan. Les journées s'y écoulaient dans les remugles de graillon et de latrines, monotones et rudes. Une de plus commençait, un lever difficile après une nuit passée à s'agiter sur sa paillasse coriace sans trouver le sommeil. Minuit, Dieu qu'il fait chaud, son pagne colle aux moindres replis de son corps. Une heure, un nourrisson diarrhéique hurle dans la case voisine. Deux heures, les chiens galeux du quartier s'étripent dans une rixe nocturne. Trois heures, un coq détraqué chante en pleine nuit. Quatre heures, un orage s'abat sur la ville, martelant les tôles de sa case tel un roulement de tam-tam cosmique. Cinq heures, l'amant de sa tante rentre au bercail soûl comme un goûteur de bière à la cour du roi Tsongor, parvient contre toute attente à saluer les entrailles de sa compagne, jouit bruyamment et s'écroule en un râle éthylique. Six heures, Manou l'extirpe d'un sommeil rachitique.

— Ngazan, Ngazan, je pars à l'école ! Donne-moi cent francs pour payer mon BH...

Manou, lutin ébène, petite cousine adorée, sautille sur le sol en terre battue de la case. Bienheureuse Manou qui, du haut de ses cinq saisons sèches, ne voit pas la pauvreté qui l'entoure. Apprendre le monde, serrée sur un banc dans une classe de cent élèves le matin, jouer à cache-cache et à l'élastique dans les venelles boueuses du quartier l'après-midi suffit à son bonheur. Grâce au roboratif BH, le duo beignets-haricots rouges à l'huile de palme qu'elle avale au petit déjeuner, elle ne connaît pas la faim qui tenaille parfois ses camarades moins bien lotis. Bien sûr, Manou est gringalette, la viande est rare à table. Bien sûr, Ngazan rajuste chaque matin la cordelette protectrice qui ceint le ventre un peu gonflé de l'enfant en priant tous les ancêtres et dieux réunis, même ceux des étrangers, pour que Manou ne tombe pas malade, parce que les médicaments coûtent cher, et que tous les jours à l'Hôpital général on laisse mourir les gens dans la cour parce que les proches n'ont pas l'argent pour payer l'hospitalisation, les médicaments, la perfusion, la seringue, le coton, l'alcool et tout ce qui a disparu des hôpitaux depuis que le Président a décidé d'en finir avec le pays.

Ngazan est désespérément pauvre, et pourtant, elle n'a pas choisi la filière la plus prometteuse pour une jolie jeune fille : bordellologie. C'est une question d'honneur. Elle n'est pas n'importe qui, elle ne descend pas de n'importe quel arbre. Mvog-Mballa par son père, Yanda par sa mère. Deux grands clans Ewondo, tous deux membres de la famille Beti, deux cents pour cent bantous. Autant dire qu'elle fait partie des seigneurs de la forêt, plutôt petits par la taille, mais grands par la détermination. Et il en faut pour survivre dans l'enfer poisseux de la jungle équatoriale, aux serpents, scolopendres, fourmis magnans capables de dévorer un nouveau-né lorsqu'elles surgissent des ténèbres en colonnes, et à tous ces insectes divers et variés qui font le bonheur des entomologistes. Il en faut de la détermination pour échapper à la dysenterie, à la malaria, au tétanos, à toutes ces maladies qui se repaissent de l'humidité et de la faiblesse de l'homme qui n'a que du manioc à se mettre sous sa dent pourrie. Non contents de survivre en milieu hostile, ses ancêtres ont voulu savoir ce qu'il y avait après la forêt, sans doute dans l'espoir de découvrir des contrées plus clémentes. C'est ainsi que, partis du Cameroun bien avant que les navigateurs portugais ne baptisent le pays *Rio dos Camaroes*, en hommage aux crevettes qui pullulaient dans l'estuaire où ils mouillèrent la première fois, les Bantous traversèrent toute l'Afrique et atteignirent les côtes swahilies, puis l'Afrique du Sud. Non, ces gars-là sont forts ! Dépositaire d'une telle puissance, Ngazan Ella Belinga, fille des seigneurs de la forêt, grande Bantoue devant Zamba l'éternel, peut-elle raisonnablement imaginer une seule seconde s'abaisser, s'agenouiller, s'allonger, s'accroupir devant, sur ou sous le premier venu ?

— Un bras à gauche... Main sur les fesses... Tournez tournez... *Hééé*, gars, même les trois *Destiny's Child* réunies ne dansent pas comme moi aujourd'hui ! Si les kapos de Star Parade ne me prennent pas dans leur ballet, je jure je vais faire la sorcellerie sur eux et sur leur descendance pour douze générations.

Ngazan jette un coup d'œil endormi à sa sœur Pulchérie, seize ans et déjà prête à toutes les compromissions pour s'acheter des jeans taille basse comme ceux de Beyoncé. Pulchérie répète des pas de danse devant Hit TV, la première chaîne privée du pays, qui avec ses clips américains a d'emblée ringardisé la CRTV nationale, ses débats soporifiques entre politosoliloqueurs et ses chants assenés en boucle par la chorale dirigée par le P-DG de la chaîne en personne. Aujourd'hui, seule « Etoiles et Stars », l'émission musicale d'Ange Kemayou et ses ballets de donzelles, a encore la faveur du public. Grâce à son meilleur petit du moment, Pulchérie a décroché un essai ; cet après-midi, elle va jouer sa coupe du monde pour devenir une des kemayettes de Kemayou. Pulchérie révise donc sa chorégraphie avec plus d'acharnement que ses cours de français, ce qui a le don d'exaspérer Ngazan.

— Tu vas sécher l'école pour aller crâner à la télé ? Kemayou va te donner quoi ? Un diplôme de trémousseuse ? lui lance-t-elle en sortant de la case pour ses ablutions matinales.

— Vois-moi tes grosses fesses ! Les gos qu'on prend là-bas c'est des Naomi. Tu manges trop d'huile de palme. Les mannequins elles ne boivent que de l'eau ! renchérit Bamba le petit frère, tombé du lit mais déjà très inspiré de bon matin.

— Coyote ! Villageois ! Chique au pied ! Fous-moi l'air avec ta sale bouche ! Est-ce que c'est toi qui vas m'acheter des Mercedes ? piaille Pulchérie, achevant de réveiller toute la maisonnée, à l'exception de l'amant de sa tante Marthe, qui émergera probablement à l'heure de la première bière, lorsque la fraîcheur du matin sera balayée par le soleil et son sèche-cheveux géant.

Une nouvelle journée commence, bruyante et agressive, un nouveau sursis contre le malheur. Si ce soir Ngazan ramène quelques pièces pour nourrir les siens, si aucun deuil ne s'est abattu sur la famille, alors il faudra considérer que c'est une bonne journée, et demain tout recommencera. Combien d'hommes ont défilé devant sa fière beauté, lui promettant une existence plus facile moyennant quelques faveurs ? Peine perdue. Ngazan ne subira pas le sort de ses aïeules, mamans et sœurs. Des générations d'Africaines, accroupies devant la suprématie masculine. Accroupies pour raviver les flammes du foyer, pour plumer le poulet mensuel, pour torcher les gosses, accroupies pour cultiver le champ, accroupies pour y accoucher, pendant que leur homme boit, erre, palabre ou cherche le prétexte qu'il trouvera pour les battre.

Car ce n'est pas en écartant les cuisses à tout-va que Ngazan vengera sa mère. Mfono Belinga avait eu son certificat d'études et rêvait d'être couturière. Née au village, elle cherchait un mari pour fuir la vie en brousse. Ne pas subir le sort de ses aïeules, elle aussi. Elle avait trouvé l'espoir d'aller en ville en la personne d'Etoundi Hermann, futur père de Ngazan, infirmier au dispensaire d'Akongo, bourgade la plus proche de son village. Peut-être un jour trouverait-il un poste à Yaoundé... Alors la vie dans la capitale serait le paradis, un paradis clignotant comme la crèche de Noël dans l'église du village quand le père Jacinski, missionnaire polonais, faisait marcher son groupe électrogène, un paradis où la musique coulerait à flots comme la bière dans les bars, où ses enfants iraient à l'école dans des bâtiments en dur, aux murs blancs. Ils ne marcheraient pas des kilomètres dans la poussière pour décrocher leur passeport pour la réussite, et elle, *kliketi kliketi*, elle coudrait les plus beaux ensembles de Yaoundé avec sa Singer, dans son petit atelier repérable à son enseigne : « Les Ciseaux d'or de Mfono, haute couture camerounaise ».

Au lieu de cela, transformé par une révélation lumineuse dans son sommeil, Etoundi Hermann avait troqué sa blouse blanche d'infirmier contre une panoplie de sorcier-guérisseur. Il disait que la médecine occidentale, celle-là même qu'il avait servie pendant quelques années, n'était qu'une invention des Blancs pour ensorceler les Noirs, pour les maintenir sous leur joug. Lui, fort de son savoir, mettrait justement au point des remèdes traditionnels pour contrer les effets néfastes de la sorcellerie des Blancs. Cette rhétorique imparable lui attira des patients de tout le canton. Pour un villageois, il amassait des sommes plutôt coquettes qu'il dépensait aussitôt en dot pour s'offrir une épouse. Non content d'en avoir quatre, il se constitua également un harem avec ses patientes, prétendant que leurs cures étaient longues, qu'elles devaient rester auprès de lui si elles voulaient guérir un jour, que sa semence agissait en elles comme un fortifiant, qu'elle était même la pierre angulaire de leur thérapie. En découlait une nombreuse progéniture qu'étrangement, malgré son aversion pour toute invention des Blancs, Etoundi Hermann mettait un point d'honneur à envoyer à l'école. Résultat : malgré sa renommée, Etoundi Hermann n'était jamais riche très longtemps.

Le cauchemar de Mfono Belinga fut à la hauteur de son rêve. Elle ne s'installa jamais à Yaoundé avec son mari, et ne devint jamais couturière. Dans les villages où l'on vit en frusques de travail, excepté le jour du Seigneur, et où l'on ne se fournit en habits que lorsque passe le colporteur, avec sa bicyclette fourbue débordant de vêtements de seconde main, qui avait les moyens de se faire coudre des ensembles ? Mfono Belinga travailla la terre, comme sa mère avant elle, et la mère de sa mère encore avant, à la sueur de son front, l'échine courbée, les mains rugueuses comme l'écorce de l'iroko. Chaque nouvelle femme que son mari prenait creusait un pli à la commissure de ses lèvres. A trente-six ans, le ventre et les seins flasques d'avoir porté et nourri onze enfants, le cœur meurtri d'en avoir perdu trois, elle était déjà « la vieille », celle qu'Etoundi Hermann ne touchait plus, et que les jeunes épouses raillaient. Elle avait tout supporté, jusqu'à ce qu'Etoundi Hermann engrosse la fille d'une de ses patientes, une fillette de treize ans. A force de ruse, elle avait réussi à subtiliser quelques billets à son mari, ramassé ses trois derniers, Ngazan, Pulchérie et Bamba qu'elle allaitait encore, et s'était réfugiée chez sa sœur, à Yaoundé. C'était la première fois qu'elle mettait un pied dans la capitale : Etoundi Hermann lui avait toujours interdit de s'aventurer dans l'enfer urbain, cet univers de perdition créé par les Blancs pour rendre le Noir fou à lier.

La ville grouille déjà de mille feux. Manou, pimpante dans son tablier bleu, court devant Pulchérie en chantonnant : « Ô Cameroun, berceau de nos ancêtres... », l'hymne national. Pulchérie a revêtu à contrecœur son uniforme rouille du lycée bilingue, et, flanquée d'un Bamba railleur, la suit dans la montée ravinée qui mène à la route goudronnée en maugréant : « Je suis fatiguée de waka tous les jours sous le soleil et d'abîmer mes mules en route comme ça... Quand je serai kemayette j'aurai un chauffeur. » Ngazan les regarde s'éloigner et se dirige vers la cafétéria, cahute bancale où l'on sert du café, du pain chargé — autrement dit un sandwich au beurre —, des œufs durs, tout pour s'offrir un petit déjeuner de Blanc, bien plus onéreux que la bouillie de maïs traditionnelle, mais seul luxe que s'octroie Mfono Belinga. Lorsque Ngazan apporte à sa maman la tasse fumante et le demi-pain chargé, elle la trouve déjà affairée à cuisiner le bouillon de chèvre qu'elle servira à midi au tournedos du ministère des Finances, la cantine des employés de bureau, baptisée ainsi parce que assis sur le banc ombragé sur lequel ils dégustent leur pitance, les clients tournent le dos à la rue. Tante Marthe a déjà pris son service en face, chez le père de la Princesse. A demi dissimulée derrière un mur imposant, la grande villa toise leur case en terre battue. La route en terre qui les sépare marque la frontière entre le sommet de la colline avec ses villas confortables, et la vallée bourbeuse, vérolée de maisons brinquebalantes. Retranché derrière ses vérandas fleuries, le Cameroun d'en haut contemple le Cameroun d'en bas. Ngazan peut remercier l'entrepreneur véreux qui a remporté le marché pour bitumer cette route : s'il n'avait pas fui en Europe avec le pactole, condamnant à perpétuité la rue à la boue et aux crevasses, le goudron aurait attisé la convoitise des promoteurs, et elle serait déjà expropriée avec tous les siens. Pour aller où ?

Le petit déjeuner avalé, Ngazan se met en route vers sa première activité de la journée, sa call-box : un tabouret disposé au bord de la route coiffé d'un parasol, et deux portables. Ces installations sommaires et fort utiles étaient nées de l'explosion du marché du téléphone portable et de l'incapacité des télécoms publics à installer des cabines téléphoniques, qui de toute façon fonctionnaient tout au plus deux heures avant d'être détraquées par un usager énervé ou d'être démontées par un traîne-misère avide de récupérer quelques boulons pour les revendre à un ferrailleur. Comme peu de Camerounais ont les moyens d'établir une ligne fixe chez eux ou d'acheter leur propre portable, les premiers propriétaires de call-box avaient pu longtemps dormir le ventre plein. Mais aujourd'hui, la concurrence réduisait leurs journées à une attente interminable. Ngazan a un sérieux avantage commercial sur ses pairs : la clientèle masculine défile devant sa beauté, toujours prête à lui conter fleurette avant de causer dans le combiné. Comme Clothaire, dont la silhouette rendue boiteuse par une polio mal soignée se profile au loin dans la poussière de la colline. Elle connaît d'avance la teneur de sa conversation téléphonique, une conversation émaillée de propos bien choisis destinés à l'impressionner :

— Mon type, laisse-moi avec tes histoires de quartier. Demain je pars aux States, je suis sur un marché de 150 millions, mais les Amerlos là, si tu n'es pas derrière eux, ils t'endorment, ils t'escroquent avant même que tu aies le temps d'ouvrir la bouche...

La veille elle avait pu entendre :

— Non je ne peux pas passer te chercher, ma voiture est en panne. J'ai ma BM qui m'attend au port de Douala, je dois aller la réceptionner mais là c'est fort sur moi trop de travail trop de « bizness », je n'ai même plus le temps de tchat les filles...

Et l'avant-veille :

— J'ai des Blancs là, qui veulent m'acheter mon terrain de Kribi, celui qui est juste au bord de la mer. Ils me proposent seulement 30 millions, est-ce que j'ai leur temps ? D'ailleurs je vais peut-être garder ce terrain pour construire un hôtel...

La mythomanie de Clothaire n'échappe ni à Ngazan, ni à sa voisine de tréteaux, une vendeuse de bananes à la langue affûtée par des années de prises de bec à Mokolo, le bazar le plus populeux de la ville. Aujourd'hui, la matrone bananière cherche la bagarre :

— Un marché de 150 millions, un marché de 150 millions, grommelle-t-elle assez fort pour que tous les soûlards du bar voisin l'entendent. Avant de remporter des millions gagne déjà de quoi t'acheter un costume. Tu crois qu'on n'a pas vu que tu portais le même tous les jours que Dieu fait ? Même si demain tu vas aux States comme tu le prétends haut et fort, tu crois que là-bas il vont te laisser entrer avec ce vieux pantalon qui traîne avec lui tous les microbes du Cameroun ?

Les lèvres de Clothaire se contractent en un rictus de colère :

— *Yeuh*, c'est une marchande de bananes qui me parle comme ça, toi qui dors dans la poussière du matin au soir ? Tu ouvres ta bouche alors que tu n'as rien ya, mon costume c'est ma tenue de camouflage. Tu know que si tu montres que tu es trop riche, les problèmes commencent, on te vole à droite, on te vole à gauche, on te dépouille en haut on te finit en bas... Et d'abord pourquoi je ne devrais pas chercher des marchés de 150 millions ? Tu n'as pas vu l'affiche de Yobi Sam pendant sa campagne, « le Cameroun des grandes ambitions » ? Moi, j'ai des grandes ambitions, je ne suis pas dans le Cameroun des petites marchandes de bananes.

— Mouf ! Tu me cherches ? tonne la vendeuse outragée en levant un doigt menaçant dans un geste qui fait trembler ses chairs abondantes.

— Et c'est moi que tu doigtes comme ça ? réplique Clothaire d'un air supérieur.

— Voyez-moi ce vaurien ! Moi, en vendant mes bananes, je nourris mes enfants, toi tu as envoyé les tiens au village chez ta mère parce que tu n'as même pas cent francs pour leur acheter des bananes. Tu crois qu'on ne te connaît pas ici au quartier ?

La mégère et le mytho. Alléchés par l'affiche, les ivrognes du bar se sont approchés. Le petit théâtre de la rue a ouvert ses portes, le spectacle peut commencer. Ngazan note sur un cahier d'écolier les répliques les plus fameuses des uns et des autres. Puis, lasse du bruit et des clameurs, ouvre un livre.

« La vie passe, mystérieuse caravane,
Dérobe-lui sa minute de joie !
Porte-coupe, pourquoi t'attrister sur le lendemain de tes compagnons ?
Verse du vin... la nuit s'écoule. »

S'extraire de cette fange sonore du quartier grâce à la poésie d'Omar Khayyam, et les autres livres que la Princesse lui avait donnés. Tous l'avaient nourrie, mais les quatrains de Khayyam, eux, la portaient. Leur pureté lumineuse, cette invitation à la jouissance, malgré tout. Ngazan était étonnée qu'un poète perse, en terre d'islam, eût pu prôner ainsi le plaisir et l'ivresse. Elle avait peine à imaginer que l'Iran, ce pays austère qu'elle voyait à la télé, avec ces femmes comme des fantômes, ait pu par le passé enfanter des hommes aussi déterminés à ne retenir de la vie que ses douceurs. Mais dans les moments difficiles, c'est bien Omar qui lui chuchotait un vers au creux de l'oreille : *« Sois heureux un instant, cet instant c'est ta vie. »*

Alors sa vie c'était le verbe, ces moments de lecture, ces instants volés à la rudesse du quotidien. Les caractères que la flamme de la lampe tempête faisait danser devant ses yeux lorsque, enfant, elle dévorait la bibliothèque rose, puis verte, avant de s'endormir, le nez entre deux pages. Le verbe hésitant de son premier journal intime, niché dans un joli cahier arborant un Pierrot lunaire en couverture — encore un cadeau de la Princesse. Les mots qu'elle couchait, sous son parasol entre deux clients, dans son cahier d'écolier bas de gamme, aux pages jaunes et dont l'encre des lignes lui tachait les doigts.

Tous ces instants arrachés à la glu des jours sans fin, ces instants où sa plume l'emportait très loin, c'était sa vie. Une vie qui était désormais ailleurs, dans un espace temps dont elle était la seule à avoir l'accès, et ceux restés au quartier lui reprochaient souvent son drôle d'air, ce regard absent. Ils se disaient qu'un sorcier avait volé son âme ou bien qu'elle-même était une sorcière, comme son père. Ngazan ne revenait dans le monde que lorsqu'un client se présentait, puis replongeait aussitôt dans son cahier, son stylo en main, et à nouveau, le temps se dilatait en douces chimères.

2

La nuit tomba à la manière d'une nuit africaine, comme un couperet. Gris sombre, zébras roses, volutes orange, bleu nuit, nuit noire, dix minutes chrono. Ngazan replie son parasol, sa tablette, son tabouret, et regagne sa case. La recette du jour a été maigre, à peine de quoi racheter une carte pour recharger son portable MTM en unités. Quant au portable Azur, c'est simple, les clients l'ont boudé toute la journée. Qui allait encore appeler un numéro Azur ? En quelques années les Sud-Africains de MTM avaient corrigé la filiale locale des télécoms français. Il faut dire qu'ils ne lésinaient pas sur la publicité. La moindre fête universitaire, la moindre kermesse de quartier était sponsorisée par MTM. L'année précédente, la prospère entreprise avait même organisé le ballon d'or au Cameroun, une première. Dieu ayant le sens du marketing, c'est un enfant du pays qui fut récompensé, Samuel Eto'o fils, le plus indomptable des Lions ! Outre sa politique commerciale dynamique, la compagnie sud-africaine avait un atout de poids : de nombreux clients préféraient consommer africain plutôt que français. Enrichissons nos frères, pas nos néo-colons !

Dans sa case chichement éclairée, Ngazan retrouve Pulchérie en pleine séance d'essayage, frétillant comme un coléoptère attiré par un néon dans la nuit.

— Ngazan Ngazan appelle-moi Kemayette ! J'ai tourné la tête d'Ange Kemayou ! Lui-même il a bien vu ce qu'Atangana Pulchérie savait faire ! Il m'envoie son chauffeur tout de suite, il dit qu'on va discuter de mon contrat ce soir. Le pantalon-ci est assez moulant ?

Ngazan fronce les sourcils :

— Est-ce que c'est le soir qu'on discute des contrats ? Il n'a pas de bureau ? Est-ce que tu as bien entendu qu'il t'avait choisie ? Pulchérie, méfie-toi ! Les gars comme ça profitent de leur ascendant sur les petites écervelées comme toi. Kemayou dit qu'il va te prendre dans sa troupe, mais il va te prendre tout court.

— Vois comme tu es, Ngazan. La joie arrive et tu la chasses ! Tu es trop négative. Moi je n'ai pas envie de servir dans un bar ni de compter mes maigres pièces dans ma call-box ; tu pourrais te réjouir que ta sœur travaille à la télé.

— Ce sont mes maigres pièces qui payent ton école, je te signale. Je sais que ce n'est pas ton problème puisque tu ne prends même pas la peine de rentabiliser mes sacrifices. Tu n'oses même pas me montrer ton bulletin du premier trimestre, il doit être encore plus mauvais que ceux de l'année dernière ! J'espère que tu as pris tes livres pour étudier pendant les vacances au village.

Mais voilà que Pulchérie déclare, le nez pincé et l'air décidé :

— Je ne pars pas au village !

— Est ce qu'on t'a demandé ton avis ? assène Mfono Belinga.

— Non mais je le donne. Je n'ai pas envie d'aller au village porter les vieux habits comme les gens là-bas lorsqu'ils vont aux champs. D'ailleurs je n'ai pas envie d'aller aux champs, et il n'y a pas la télé. Je vais aller faire quoi là-bas ?

— Les gens là-bas comme tu les appelles ce sont tes frères, tes cousins, là-bas comme tu dis c'est chez toi, c'est là où j'ai enterré mon placenta quand tu es née. Alors aie un peu de respect et fais tes bagages, intime Mfono Belinga.

Il fallait bien s'y résoudre, Pulchérie était entrée dans l'âge où les fillettes de la ville devenues jeunes filles fuient le village comme la peste, le choléra et le kwashiokor réunis. Désormais, pour elle, les cinq heures de piste ravinée qui la séparaient de Bikwoué, îlot de cases suintant l'humidité et ployant sous la toute-puissance végétale, s'apparentaient à la traversée du Styx. Elle ne percevait plus que la désolation d'une vie faite de labeur pour les femmes et d'ennui alcoolisé pour les hommes. Ngazan, elle aussi, était exaspérée par le fatalisme de ses frères villageois et leur propension à mettre tous leurs maux sur le dos de la sorcellerie. Un cousin se mourait du sida? Surtout ne pas prononcer ce mot tabou pour désigner une maladie qui de toute façon n'existait pas. Encore un coup d'un sorcier! Un oncle succombait à une cirrhose du foie? Aussitôt s'ouvrait une longue enquête doublée d'interminables palabres pour trouver celui qui lui avait jeté un sort. Ngazan en était convaincue : ses frères villageois étaient victimes du sous-développement, mais aussi de leur crispation désespérée sur un système de valeurs millénaire et dépassé, même s'il avait parfois du bon. Au village, personne ne mourait de faim. Le peu que l'on avait était toujours partagé, les enfants n'erraient jamais seuls, le moindre événement était vécu comme une fête : une naissance, un tournoi de foot, le chant des choristes de l'église dans leur tenue immaculée le dimanche de Pâques, ce gospel Ewondo qui s'élevait jusque dans les cimes des arbres et faisait taire les oiseaux. Enfant, ce bout de planète boueux et oublié des Dieux était son paradis, un paradis fait de mystères et de jeux, des jeux qui suivaient dans la brousse un itinéraire balisé, évitant soigneusement les endroits interdits, comme l'*Aéroport*, un arbre sec et torturé rebaptisé ainsi parce que la nuit, après une journée de pérégrinations dans l'au-delà, les sorciers volants venaient se poser sur ses branches, et y tenaient conseil jusqu'à l'aube avant de repartir vers d'autres mondes.

Aujourd'hui, quand elle retournait au village, même si elle ne croyait plus à la sorcellerie, Ngazan retrouvait ses frousses de fillette, la nuit tombée, lorsque de la jungle où le silence n'existe pas, montaient le cri métallique des insectes et des plaintes aussi sourdes qu'inquiétantes. Aujourd'hui encore, lorsqu'elle s'aventurait dehors à cette heure où tous les esprits sont gris, si quelqu'un l'appelait et qu'elle ne pouvait pas voir son visage, elle lui demandait de la rejoindre, mais surtout ne se retournait pas : il s'agissait peut-être d'un esprit qui, après avoir imité la voix d'un familier, se serait alors empressé de l'entraîner dans un ailleurs ténébreux qu'elle n'avait nulle envie de découvrir.

— Allez, si Pulchérie ne veut pas aller à Bikwoué, ce n'est pas si grave, je préfère qu'elle retrouve le goût des études plutôt que celui du village, songe Ngazan en s'engouffrant dans le taxi collectif qui doit la conduire vers son deuxième job.

Reuteuteu, reuteuteu, l'engin doit en être à sa douzième vie. Né en Belgique il y a une bonne vingtaine d'années, vendu à un Wallon puis à un Flamand puis à un Liégeois, racheté par un routard pour traverser le Sahara, avec l'idée de le revendre pour payer son billet de retour, mort étouffé sous une dune aux abords de Nouakchott, ressuscité par un Mauritanien débrouillard, repéré par un grossiste d'occasion sénégalais, expédié dans un conteneur à destination de Douala, détourné par un douanier, revendu à une cousine commerçante, que ses affaires de plus en plus florissantes ont conduite à acheter une Mercedes Kompressor — un véhicule à la hauteur de son nouveau standing — et, moyennant quelques liasses de CFA, à se débarrasser de cette inconvenante épave, qui pour finir est venue grossir la flotte de taxis improbables de Tchouangang Kontchou Victor Célestin, heureux propriétaire d'une dizaine de brouettes motorisées que maudiraient les experts du protocole de Kyoto susceptibles d'aventurer leurs fesses sur les sièges défoncés, tant elles contribuent à la pollution générale de la planète.

— Cancrelat ! Espèce ! Chien vert !

Le chauffeur invective copieusement un taxi qui lui a coupé la route, estimant sans doute que le feu rouge qu'il a brûlé était facultatif. A sa décharge, le feu du carrefour Warda ne doit fonctionner que deux jours par an. Notre taximan a freiné brutalement, et il doit avoir un bon karma ce jour-là, à en juger par la plainte déchirante des freins : « *kriiiiiiiiiiiiiiiiiiiisssss*, ça c'est quoi même ? Tu ne know pas qu'on est déjà vieux comme le baobab tricentenaire, qu'un jour on va te lâcher comme ça poum et toi et tes passagers et sois heureux car ce jour aurait pu être aujourd'hui ? »

Ngazan jette un coup d'œil à l'autocollant apposé sur la boîte à gants : « Dieu n'oublie personne ». Elle soupire et se tourne vers le chauffeur, notant au passage que celui-ci chausse des tongs, ce qui n'est déjà pas recommandé quand on conduit un véhicule normal, et carrément suicidaire lorsqu'on a affaire aux pédales dures d'un tas de ferraille incontrôlable.

— Dieu n'oublie personne, ça c'est quoi même, tu veux vraiment que je meure aujourd'hui ? Pardon, dis à ton Dieu là que je préfère qu'il m'oublie longtemps.

— *Ikiii*, petite sœur toi aussi tu n'as rien ya ! Dieu n'oublie personne veut dire qu'il veille sur tout le monde ! Vraiment, vous les filles modernes là, au lieu de chercher les big boss à la torche, allez d'abord apprendre le français à l'école.

Tenter d'initier le chauffeur aux subtilités du second degré la fatigue d'emblée. Lui faire remarquer qu'elle maîtrise assez bien le français pour avoir écrit un recueil de nouvelles ne servirait à rien. Dans le rude combat que mène le taximan moyen pour sa survie, l'art n'a pas sa place. Il lui rétorquerait probablement : « Un livre est-ce que ça se mange d'abord ? Et depuis quand on chop grâce aux mots ? ». Avis vraisemblablement partagé par le président-directeur général Honoris Causa de l'unique et poussive maison d'édition camerounaise, qui, lorsqu'elle avait timidement apporté son manuscrit, lui avait fait comprendre que pour voir sa prose publiée il fallait y adjoindre un peu de chair, et un morceau de choix, celui sucré comme la mangue qui se niche dans son entrejambe.

Mille fois elle avait entendu ce refrain, deux mille fois ses variantes :

— Ma fille, quand même il faut être docile si tu veux réussir tes examens.

— Ma fille, tu sais que les secrétaires doivent être gentilles avec leur patron.

Qui avait dit que Ngazan Ella Belinga devait forcément s'allonger sous quiconque avait un bangala sous le pantalon ? Dieu avait écrit ça où ? Elle préférait servir chez Tantine Good Chop, une matrone qui présentait à ses yeux le double avantage d'être une femme, et de servir la meilleure cuisine de tout Etoa Meki. La maison ne payait pas de mine. Aux temps des colons, elle avait dû être pimpante. Aujourd'hui, les murs de la véranda étaient décrépis, les cahutes en caillebotis disséminées dans la cour étaient en mal de vernis, mais le tout était propre, il y avait un coin d'herbe, quelques haies d'ixoras rouges joliment taillées, et l'ombre accueillante des flamboyants. Les samedis soir, Johnny Meva et son orchestre venaient réveiller les convives éventuellement assoupis avec son bikutsi jazz bien balancé. C'était la meilleure idée de Tantine depuis qu'elle avait arrêté de s'éclaircir la peau : l'orchestre attirait du monde, et sa gargote s'était élevée au rang de cabaret.

Même les Blancs ne craignaient pas de précipiter leur 4 × 4 rutilant dans le traquenard des ruelles sombres et défoncées d'Etoa Meki pour venir chez elle. Le circuit groovy de Yaoundé passait par Tantine Good Chop, un point c'est tout.

Le taxi la dépose à quelques mètres de l'entrée du restaurant. Elle salue Kani, déjà à son poste au bar, le marmiton Bienvenue Mitterrand, qui porte sur ses épaules ratatinées la double charge d'être né le jour de la visite du président français au Cameroun et d'avoir des parents aussi francophiles que peu inspirés, et Bikonkass, collègue serveur surnommé ainsi parce qu'il met un point d'honneur à apposer des fers aux talons de son unique paire de chaussures, ce qui produit trois notes métalliques et scandées lorsqu'il marche, un *bi-kon-kass* sonore sur les dalles de la salle à manger.

Elle a à peine le temps d'enfiler son uniforme, un joli tailleur en pagne bien coupé, que le premier client se profile dans le salon de Tantine Good Chop. C'est Effa, un jeune médecin habitué des lieux. Visiblement épuisé, Effa s'affale dans un fauteuil en velours élimé.

— Mami, apporte-moi une Guinness, j'ai trop transpiré aujourd'hui, j'étais en brousse toute la journée. Vraiment, je te dis, le sous-développement c'est fort. Il y a quelques jours, mon ami le sous-préfet de Mvengue m'appelle. Il m'informe que notre bien-aimé tout-puissant Président, sa suprême Excellence Yobi Sam, a décidé de lancer une campagne de lutte contre l'alcoolisme, et qu'il faut commencer par éradiquer la plus dévastatrice des boissons, à savoir le hâ.

— Eeh ! Yobi Sam est fou ? s'exclame Ngazan. Eradiquer l'Odontol, le breuvage qui nettoie les dents comme le dentifrice, qui fait oublier les problèmes et danser les filles sur les tables ? C'est comme si on arrachait le sein au nouveau-né ! S'il décrète la loi-ci, il va perdre les élections même s'il les truque !

— Je te dis ! reprend Effa. Donc mon ami le sous-préfet m'apprend qu'il doit faire une tournée dans les campagnes pour informer les villageois de la décision présidentielle et les menacer. Et il me demande de venir avec lui pour expliquer tous les ravages du hâ. Il me précise bien entendu que je recevrai une enveloppe consistante du tout nouveau comité de lutte contre l'alcoolisme mis en place par le ministère de la Santé...

— J'espère que tu as exigé ton enveloppe avant de partir en tournée.

— Tu me prends pour le premier gaou ? Nous voilà donc partis, là même aujourd'hui. Premier arrêt au bar Tue la soif, en face de l'école de Mvengue. Conformément au dispositif en deux points — dissuader le consommateur, punir le producteur —, le sous-préfet se dirige droit vers un des soûlards qui ont pris racine sur les caisses de bière qui servent de sièges au Tue la soif. Il s'était auparavant renseigné, et on lui avait dit que cet homme était de très loin le plus grand buveur de tout l'arrondissement.

Ngazan étouffe un rire :

— Effa, tu me fais trop lap avec tes histoires.

— Attends, tu n'as rien vu ! Donc, le préfet se place devant lui, prend son air le plus sévère et dit : « Onguene Gilbert, c'est bien toi ? »

— Hiii, Onguene Gilbert va avoir chaud aujourd'hui, pouffe Ngazan, sa main gracieuse masquant sa bouche, comme une petite fille timide et amusée.

— C'est ce que tout le monde a pensé! reprend Effa. Donc, Onguene Gilbert hausse péniblement son sourcil déjà bien engorgé d'alcool, et à la vue du sous-préfet en uniforme multidécoré parvient miraculeusement à se lever d'un bond. Mais comme cet effort lui a trop coûté, il rate sa courbette et perd ainsi le peu de crédit qu'il lui restait. En se redressant il réussit à articuler : « Ûi, monsieur le sous-préfet, très cher, très grand, comment allez-vous ? — Demande-toi plutôt comment toi tu vas ! gronde le sous-préfet. On me dit que tu es le plus grand buveur de l'arrondissement de Mvengue. Tu sais que tu es en train de te tuer, à boire le hâ comme si c'était l'eau de source ? Son excellence le président Yobi Sam ayant décidé d'interdire la consommation de hâ, voilà pourquoi aujourd'hui même tu vas aller en prison. » Onguene Gilbert s'affole : « *Ikiii ?* en prison ? Pardon, grand, tu as bien dit en prison? Pour la boisson? Depuis quand on va en prison parce qu'on a bu? — Depuis que Yobi Sam l'a dit! gronde le sous-préfet. Et puis, là-bas, tu vas commencer par dessoûler, et ça te fera le plus grand bien. » Puis il se tourne vers les clients imbibés du bar, et déclare :

« J'ai emmené ici un grand spécialiste de Yaoundé, il va vous expliquer à vous tous comment l'alcool est en train de vous tuer, vous tous là qui chômez ici au bar. »

— C'est toi le grand spécialiste? ricane Ngazan.

— C'était censé être moi, répond Effa. Sauf qu'avant même que j'aie desserré la commissure des lèvres pour prendre la parole, Onguene Gilbert tente une nouvelle sortie. Vraiment, l'alcool rend téméraire. Ecoute bien ce qu'il me dit : « Docta... Je ne veux pas casser votre science là que vous avez achetée à l'université; monsieur le sous-préfet, je sais que le sous-préfet a toujours raison, mais quand même permettez-moi l'honneur de dire quelque chose. Vous dites que le hâ tue, bon permettez-moi l'honneur de vous poser la question suivante. Quand je suis en train de débroussailler la plantation, si je me blesse avec la machette, je dois faire quoi pour me soigner, docta? » Je réponds naturellement qu'il faut désinfecter la plaie. Il continue : « Avec quoi? » Du tac au tac, sans même réfléchir, je lui dis : « L'alcool à 90° fait très bien l'affaire. »

Erreur ! Il n'attendait que cela pour abattre sa dernière carte : « Han hun ! L'alcool sert à soigner les blessures, n'est-ce pas ? Donc moi, si je bois de l'alcool, c'est pour me soigner à l'intérieur ! Alors n'allez pas me dire que l'alcool tue. Ni que Yobi Sam veut l'interdire. Depuis quand est-ce qu'on interdit les médicaments ? »

Ngazan part dans un grand éclat de rire.

— *Okoo !* Le Camerounais est fort ! Ça c'est de la haute dialectique ! Le grand frère du raisonnement ! Le sous-préfet a du vex, n'est-ce pas ?

— Toi-même, tu as vu ! Tous les gars du bar étaient par terre, ils rigolaient flop flop ! Le sous-préfet a fait jeter Onguene Gilbert en prison, plus pour laver l'affront que pour exécuter les ordres de Yobi Sam. Et attends, ce n'est pas fini. Nous poursuivons donc notre expédition punitive, direction cette fois le producteur. Là encore, on a renseigné le sous-préfet : la plus grande productrice de hâ se trouve à Fianda, à une vingtaine de kilomètres de Mvengue.

— Dis donc, la délation marche bien par là-bas..., commente Ngazan.

— Mieux vaut être bien avec le sous-préfet car le sous-préfet n'a pas besoin d'attendre un ordre de Yobi Sam pour te jeter en prison. Bref, nous arrivons après une heure de trajet chaotique et cahoteux devant deux cases branlantes en pisé, même pas en dur, à croire que finalement, transformer le vin de palme en tord-boyaux ne rend pas très riche. Le sous-préfet sort de son 4×4 avec sa tête des mauvais jours, et avise deux gamins en haillons qui jouent avec une balle en chiffon dans la cour : « C'est bien ici que réside Ateba Joséphine ? — Ûi, monsieur », fait l'un d'eux, tandis que l'autre court vers la plus petite case, vraisemblablement la cuisine. Le sous-préfet le suit, voulant constater de ses propres yeux le méfait, à savoir les alambics. Effectivement, l'attirail du parfait fabricant de hâ occupe la partie gauche de la pièce. Ateba Joséphine s'affaire près d'une marmite, un bébé au dos.

Ngazan compatit :

— *Wèèèè*, prise en flagrant délit !

— Je te dis. Voici donc notre sous-préfet qui vitupère : « Ateba Joséphine, par décret du président de la République du Cameroun, son excellence Yobi Sam, il est désormais interdit de fabriquer le hâ, cet alcool qui décime les forces vives du pays ! En vertu dudit décret, je suis au regret de vous annoncer que nous allons saisir votre matériel et vous conduire en prison ! »

Ngazan frise l'écœurement :

— Pauvre Ateba Joséphine, les ministres qui volent les millions tous les jours circulent toujours dehors, et on va jeter en prison une pauvre villageoise parce qu'elle vend le hâ ?

— Pauvre en argent peut-être, mais pas en cervelle ! poursuit Effa. L'infortunée Ateba Joséphine est au bord des larmes, mais très vite elle se ressaisit. Avec toute la lenteur de la digne

Camerounaise outragée — et Dieu sait qu'une Camerounaise outragée peut être terrible —, elle retire son tablier, et lance : « Messi ! Fouda ! Owona ! Christian ! Ayi ! Mbarga ! Adèle ! Félicité ! Magloire ! Mevegue, *zâaa*, venez ici ! » Incroyable... Onze enfants au total ! A vue de nez, le plus âgé n'a pas quinze ans. Tout en dénouant le pagne qui retient l'enfant dans son dos, Ateba Joséphine lance au sous-préfet : « Monsieur le sous-préfet, j'ai onze enfants. Je n'avais pas encore accouché du dernier lorsque mon mari m'a laissée tomber. Il a dit qu'il était fatigué de la vie au village et qu'il avait trouvé une femme en ville. Le hâ que Yobi Sam veut interdire, le hâ que vous dites qui tue, c'est ce qui fait vivre mes enfants, et tous ceux qui sont en âge d'aller à l'école fréquentent. » Elle s'interrompt pour faire glisser le bébé de son dos, le tend au sous-préfet, et reprend : « Alors il n'y a pas de problème, monsieur le sous-préfet, emmenez-moi en prison, mais prenez mes enfants, occupez-vous-en, et qu'ils continuent d'aller à l'école... »

Ngazan esquisse un hochement de tête admiratif :

— C'est bien fait. La maman là a piégé le sous-préfet !

— Je te dis, Ngazan, il était dépassé, conclut Effa. Il a bougonné, puis il a fait demi-tour, en pensant sûrement la même chose que moi : « On va faire comment ? » Je t'assure, cette phrase que nous utilisons à tort et à travers pour nous lamenter, ou meubler la conversation a pris d'un coup tout son sens... Mami, amène-moi même deux Guinness, je dois copieusement noyer ma fatigue !

3

— Hortense, tu ne t'es pas mise sur ton 31. Tu es au moins sur ton 41 !

Hortense avait effectivement tué la sape. Elle portait un jean taille basse dernier cri et une veste style Chanel. Elle avait dû fouiller chez les fripiers pendant des heures pour dénicher cette perle, à moins qu'elle ne lui ait été offerte par l'un de ses innombrables meilleurs petits, tout comme cette paire de mules argentées si fines que Ngazan se demandait comment le 42 fillette d'Hortense pouvait s'y loger.

— N'est-ce pas c'est le 21 décembre ? Tous les Mbenguistes sont déjà là, directement arrivés de Mbeng la belle France, avec leurs euros tout frais pêle-mêle, et moi je vais dormir ? Allons nous gâter en boîte, au Caveau, c'est là qu'ils sont !

— Deux filles seules en boîte ? Tu veux qu'on nous prenne pour des bordelles ?

— Toi aussi, tu crois que je n'étais pas là quand on vendait l'intelligence au marché Mokolo ? s'offusque Hortense. J'ai un cousin aux Affaires étrangères qui a touché ses arriérés, je lui ai dit de nous escorter et nous sponsoriser, en échange je lui arrange une affaire avec une go sur laquelle il flashe depuis Dieu seul sait quand. Va t'habiller en fille du Caveau, sexy mais respectable. Dépêche-toi, il passe nous prendre tout de suite !

Deux heures plus tard, *kon kon*, Gervais toque à la porte, fringant dans sa chemise Façonnable. La bonne facture et la flamboyance de ses vêtements tentent sans succès de faire oublier que mère nature a été peu prodigue avec lui. Si Gervais avait été croyant, son crâne légèrement hypertrophié lui aurait fourni tous les jours l'occasion de louer le Seigneur : il avait frôlé la catastrophe. Quelques centimètres de tour de tête supplémentaires, et il aurait pu concurrencer Elephant Man. Dans un souci évident de dissymétrie, le diablotin qui lui avait dessiné le visage avait esquissé des lèvres fines, un nez patateux, un menton fuyant, et paré sa sculpture postmoderne de deux yeux ronds et globuleux. Toute son enfance, Gervais avait essuyé des quolibets, le plus fleuri restant sans conteste : « Toi là, tu es tellement laid que même la mort ne voudra pas de toi ! »

Gervais avait pris sa revanche sur l'adversité : il avait une bonne situation. Fonctionnaire au ministère des Affaires étrangères. Certes, ce n'était plus l'eldorado d'antan. Diplômé du prestigieux

Institut camerounais des relations internationales, il s'était déjà vu dans les ambassades. Ses rêves s'étaient envolés avec l'écroulement de la diplomatie camerounaise. Il n'y avait pas eu de nominations depuis mille neuf cent longtemps, le personnel d'ambassade cumulait les jobs pour survivre, et Gervais végétait dans un bureau à Yaoundé. Comme tous les fonctionnaires, il passait le plus clair de son temps à guigner une mission à l'étranger, un colloque, pour pouvoir obtenir des Per Diem et détourner les frais de mission. Loger dans un hôtel moins cher que celui qu'on leur avait réservé, dîner plus frugalement que prévu, trafiquer les reçus et empocher une partie des frais étaient un sport national dans la fonction publique. En dépit de l'ennui et des arriérés de salaire, Gervais avait donc une situation enviable, ce qui n'échappait pas à la flopée de jeunes filles prêtes à faire abstraction de son physique bancal en échange d'une vie à peu près confortable. Mais Gervais, pas dupe, recalait d'office les filles un tant soi peu intéressées, c'est-à-dire toutes. En secret, il rêvait d'une Blanche, spécimen qu'il jugeait moins vénal, sans doute parce qu'il n'avait jamais mis les pieds à Manhattan ou dans le triangle d'or parisien. Aussi Gervais restait seul.

Car les Blanches du Cameroun ne sont pas pour les Noirs célibataires, a fortiori concolibong. Elles se divisent en deux catégories dont le point commun est l'indisponibilité absolue pour le jeune Noir rêvant de chair rose, d'exotisme et d'aller-simple pour Roissy. Il y a d'abord les Blanches boucanées, tombées sous le charme d'un étudiant africain en Europe, ramenées dans les bagages et nourries de promesses d'un avenir radieux sous les tropiques. Quelques mois plus tard, devant le poids de la famille et le choc des maîtresses, elles ont déjà déchanté, mais les enfants sont là, et la vie entre chauffeur, cuisinière et jardinier est somme toute plus confortable que dans leur grise Europe. Elles prendraient bien un amant, si la peur d'être démasquées par leur mari et réexpédiées chez elles sans les enfants et sans le sou n'était la plus forte.

Et puis il y a les néocolonnes, souvent connes d'ailleurs, les Blanches qui ont suivi leur mari venu faire du CFA, celles qui passent leurs matinées à se dorer au bord de la piscine du club France, leurs après-midi à se faire manucurer, leur cinq à sept à turlutter un collègue blanc de leur cher époux, et leurs soirées à cancaner dans les dîners en ville en plaignant leurs congénères français de Côte d'Ivoire rapatriés d'urgence alors que, « tu comprends, ma chérie, ils étaient comme chez eux, ils étaient chez eux d'ailleurs, depuis qu'ils sont partis c'est redevenu un pays de sauvages ! ». Quarante ans après les indépendances, ce spécimen de Blanche ascendant colon n'est pas en voie de disparition. Des blondes prématurément flétries par le soleil qui ne fréquentent pas de Noirs, hormis leurs domestiques. Voyons, vous n'y pensez pas ! Les allumer d'accord, mais coucher avec quelle horreur !

Gervais, tout en continuant de fantasmer sur ces pâles inaccessibles, avait jeté son dévolu sur Ngazan. Garçon sensible, il avait remarqué qu'elle mettait un point d'honneur à se refuser à quiconque ne parlait qu'avec le portefeuille. L'âme lyrique, il la salue d'un :

— Chère Ngazan, ton éclat fait disparaître l'ombre de la surface de la terre, je suis fier de t'escorter, même si j'ai dû prendre ma machette pour éconduire tous les jeunes talents qui vont tenter de s'approcher de toi ce soir !

Amusée mais désespérément cassante dès qu'un homme s'adresse à elle, Ngazan réplique :

— Quand on rentrera de boîte, tu iras relire Senghor, tu comprendras ce qu'est la poésie. En attendant, emmène-moi dans le mouvement.

Kenguelen kenguelen ! Le châssis de la Toyota gémit, la voiture cahote sur la ruelle défoncée qui mène au Caveau. Avec son salaire de fonctionnaire et en l'absence de mission salutaire, Gervais n'a pas les moyens de se payer un 4×4 silencieux et puissant, de ces engins qui réconcilient fessiers et nids-de-poule. Sa Toyota Corolla a déjà fait douze fois le tour du réseau routier européen, mais depuis qu'il l'a réceptionnée au port de Douala dans son conteneur moyennant quelques enveloppes glissées à la douane, Gervais n'est plus un piéton, il est quelqu'un.

A l'entrée de la boîte se presse l'habituelle populace des bringueurs et aspirants fêtards... Coopérants, couples légitimes ou itinéraire bis, lycéens fauchés qui palabrent avec les videurs pour obtenir un prix de groupe sur l'entrée, jeunesse dorée cravatée et endimanchée qui fend la foule en attachant la face, vieux forestiers blancs élimés, badauds, vendeuses de charmes court vêtues qui tentent de rentrer gratis... Devant le Caveau, c'est la fièvre du samedi soir tous les soirs. Dieu que cet endroit est moite ! Parcimonieusement éclairé par une ampoule rouge, un couloir sinueux mène à un escalier tout aussi tortueux qui descend vers la piste de danse. Les Ndomboleurs, Kwassasseurs et autres danseurs esquissent déjà une forme compacte et mouvante... Tout autour de la piste, les alcôves et leurs tabourets rouges accueillent des groupes d'amis et plusieurs duos de silhouettes plus ou moins dissimulés par les volutes de fumée. Tous se lèvent d'un seul homme lorsque éclatent les premières notes saccadées du tube fleuri du moment.

TON CALEÇON EH FAIT QUOI CHEZ MOI

Les danseurs glapissent ensemble un *YIIIIII* strident.

TON SOUTIEN EH FAIT QUOI CHEZ MOI

Bas la terre, bas la terre, battements d'épaules, fessiers déchaînés, ambiance, ambiance, pédalez, pédalez, les danseurs évoluent sur un bicycle imaginaire, l'air se fait électrique, et happée par une Hortense en transe, Ngazan s'ébroue sur la piste. Comme dans une savante chorégraphie, le signe extérieur de la relative richesse de Gervais arrive sur la table. Un JB sinon rien, si tu ne peux pas exhiber ta bouteille sur la table du Caveau, autant rester chez toi, petit joueur. Un verre, les corps s'échauffent, deux verres, la timidité rentre chez elle, trois verres, Gervais entraîne Ngazan dans un zouk love torride, un kolé séré dégoulinant. Elle sent avec horreur l'entrejambe de Gervais durcir à chaque déhanché frotti frotta, et bondit lorsqu'il approche ses lèvres des siennes pour tenter un baiser suintant.

— Mouf, enlève ta bouche tout de suite ! Tu faisais le poète tout à l'heure, et tu m'attaques maintenant ? Tu crois que ta Toyota et ton JB t'autorisent à pénétrer intrusivement dans ma bouche ? Fous-moi l'air !

Laissant Gervais glacé, elle se dirige droit sur Hortense occupée à battre des cils et à glousser en compagnie d'un Blanc défraîchi sur lequel elle a jeté son dévolu.

— Hortense ! Toi aussi ! C'est quoi cette sournoiserie ? Tu me dis que tu dois arranger une affaire pour Gervais sans me préciser que l'affaire en question c'est moi ?

Pestouille de Zambèze ! Ngazan n'en croit pas ses oreilles lorsqu'elle entend bien distinctement par-dessus les décibels saturés que recrache la vieille sono du Caveau :

— Ngazan, tu devrais me dire merci. Tu es là, tu rembarres tous les gars qui passent sur ta route, est-ce que tu sais qu'on commence à dire que tu es une sorcière comme ton père ? Même les Blancs là, les Grecs, Takis, Kosta et les autres viennent pleurer chez moi que *snif, wèèè,* qu'est-ce qu'on doit même faire pour séduire cette go ? Tu refuses les Blancs tu refuses les kapos, tu aimes les filles ou quoi ?

Idiote d'Hortense qui n'a rien compris car elle ne peut pas comprendre. Oui, aujourd'hui Ngazan a le pouvoir de refuser les hommes, et c'est sa victoire contre l'adversité. Quelques années plus tôt au village, elle n'avait rien pu faire contre les assauts d'un oncle de passage. Affaiblie par une crise de palu, elle n'avait pas suivi les femmes au champ. Elle était étendue sur la paillasse en bambou de la cuisine, surveillant péniblement une sauce qui mijotait, lorsqu'il était entré. Il sentait le vin de palme et la transpiration. Il lui avait simplement dit : « Je suis ton père et tu dois m'obéir en tout », et l'avait déchirée d'un coup sec, dans la torpeur de l'après-midi. Elle avait treize ans.

Pourquoi tant de souffrance entre les jambes ?

Dans les livres que lui prêtait la Princesse, cela ne se passait pas comme ça. Les hommes ne prenaient pas les femmes comme les chiens qui copulent dans les cours des maisons, ils leur parlaient d'amour avec un grand A, de ce sentiment qui chatouillait l'infini. Certes, ce n'était pas toujours joyeux. Ngazan se demandait pourquoi les amoureuses des écrivains français étaient toujours absentes, ce qui obligeait ces derniers à se languir au bord d'un lac en attendant le retour de la bien-aimée qui bien souvent ne revenait pas. Ils sont tristes tout de même, ces Blancs. C'est vrai que le grand amour est trop rare pour être perdu, de même qu'il est trop rare pour être trouvé, mais en attendant qu'il se manifeste éventuellement, pourquoi ne pas bringuer, sans Gervais, sans JB, sans cette mère maquerelle d'Hortense, seule sur la piste, juste en face de ce White qui a l'air un peu perdu, à peine descendu de l'A 340 d'Air France, pas encore déniaisé par la complexité africaine, et qui en plus, Dieu est parfois grand quand il se décarcasse un peu, est plutôt joli et observe Ngazan du coin de l'œil ?

PREMIER GAOU N'EST PAS GAOU OH

Le Whitie sourit, ayant probablement trouvé un repère, enfin, dans ce tube ivoirien qui cartonne jusqu'à Paris. Ngazan l'observe d'un œil amusé. Vraiment, les Blancs étaient où quand Dieu distribuait le sens du rythme ? Son déhanché est grotesque. Ses bras esquissent des mouvements syncopés et gesticulatoires, comme si tous les moucherons du Cameroun s'abattaient sur lui. Pourtant il a un bon potentiel au niveau des reins. Contrairement à la plupart des Blancs dont la fesse est au mieux absente, au pire, rétractile, le joli Whitie est joliment fessu, et même délicatement cambré. Un peu court, mais bien proportionné. Des cheveux couleur jais, une barbe de quelques jours savamment travaillée, des yeux noirs, brillants, légèrement en amande, ourlés de longs cils. Non, le toubab-ci est mo, rien à dire. Il dégage une sorte de douceur incongrue sous ces latitudes où l'homme doit tonitruer, éructer et faire les gros yeux pour montrer qu'il a un bangala dans le pantalon. Comme dans une publicité pour un yaourt, sa douceur n'a d'égale que sa fraîcheur. Il n'est pas encore brûlé par le soleil, lessivé par la moiteur équatoriale, dévoré par les moustiques, épuisé par le mamadouisme, ce travers typiquement africain qui consiste à faire compliqué quand on peut faire simple, lentement quand on peut faire vite, et mal quand on peut faire bien. Il est vierge, il est appétissant, et d'ailleurs quelques hyènes éminemment cambrées, avantageusement dotées par la nature et notoirement faciles rôdent déjà autour de lui, prétextant un pas de danse pour se frotter contre son derrière, contre son devant, contre la moindre parcelle de son corps, et lui, presque attendrissant, ne sait comment réagir face à ces assauts multiples, sourit d'un air gêné, ose à peine poser ses yeux sur elles, si différent, si loin de ses congénères blancs lorsqu'ils regardent, la bave aux lèvres, ce qu'ils considèrent comme de la chair ferme douce savoureuse et prête à tout contre quelques billets.

Amusée et attendrie, Ngazan se surprend à lui adresser un sourire complice. Le Whitie le remarque, s'y accroche comme à une bouée de sauvetage, et tente un pas vers elle lorsqu'une des filles agglutinées autour de lui se détache, s'interpose, et souffle dans l'oreille de Ngazan :

— Toi-ci quitte là tout de suite ça c'est mon Blanc tu comprends. Je l'ai intercepté en premier, je l'ai vu dès qu'il est entré, dans cinq minutes lui et moi c'est mon pied ton pied, partout où il ira, j'irai aussi. Il va m'appuyer dès ce soir tu comprends et je vais crier, crier parce que les Whites croient que quand on crie c'est qu'on aime ça. Je vais l'attacher le marabouter qu'il monte qu'il descende qu'il tourne à droite qu'il tourne à gauche c'est moi qu'il va emmener à Mbeng quand il va repartir... Un joli Blanc comme ça ? Tu crois qu'il y en a beaucoup en circulation ? Et tu crois que s'il n'y en a qu'un il est pour une autre go que moi ? Ma sœur je ne veux pas faire le désordre, alors quitte là, toi aussi ton tour viendra.

Ngazan Ella Belinga a trop d'orgueil pour commencer à boxer les bordelles au beau milieu du Caveau. Aussi elle réplique à l'aspirante Mbenguiste

— Mami, calme-toi et bonne chance, je n'ai pas signé sur ton Blanc. Puisse-t-il t'ouvrir les portes du paradis qui comme chacun le sait sont situées au consulat de France, service retrait des visas, ouvert de 15 heures 37 à 16 heures 28.

Mais avant de s'éloigner, elle souffle au joli Whitie :

— Bienvenue au Cameroun et bonne chance. Sois rassuré : il existe des Camerounaises qui savent se tenir.

Et avant que la bordelle n'ait eu le temps de l'intercepter et de s'enquérir de la teneur de ses propos, Ngazan a disparu parmi les bringueurs, le sourire doux du joli Whitie inscrit dans son cœur.

4

Pakadam pakadam, tam-tam dans son cœur, c'est bien lui qui vient de prendre place à une table avec, curieusement, des acolytes noirs. Souvent, les Blancs ne sortent qu'entre eux. Ils ne se mélangent pas, comme au temps des colonies bwana. Chacun sa place, toi y en a transpirer ta bière dans tes bars bancals, moi je sirote mon champagne dans des clubs climatisés. Ngazan commence par plonger précipitamment derrière une des cahutes de Tantine Good Chop, ne sachant quelle attitude adopter. Depuis ce jour putride où sa vie de femme a basculé, elle n'en a cultivé que deux à l'égard des hommes : la distance ou l'agressivité. Il y a bien eu cette vague aventure avec le neveu de la Princesse, un ami qu'elle a fini par transformer en amant, lassée de le voir se languir, et surtout pour tenter de réapprivoiser son corps. Mais depuis qu'elle a découvert l'autosuffisance sexuelle, dans la moiteur de son lit, lors de ses multiples insomnies, elle s'est mise en jachère définitivement, reléguant les hommes loin, très loin derrière une clôture de barbelés.

La seule pensée du joli Whitie lui réchauffe le corps, mais ne suffit pas à la décider à passer à l'action. Elle avise Ekani, le gardien du bar. Peut-être lui glissera-t-il en douce un petit verre de JB pour vaincre ses inhibitions. Elle a un peu honte de ce subterfuge, mais elle voit sa bonne étoile briller au-dessus de la tête du joli Whitie, et n'a pas l'intention de la laisser filer.

— Ekani, pardon, tu vas te moquer de moi mais tu vois le Blanc là au fond ? lui chuchote-t-elle d'un air embarrassé. Je l'ai rencontré au Caveau samedi dernier, depuis c'est fort sur moi, mais je n'ai jamais tchat un gars et n'aurai jamais le courage sans un remontant.

Ekani éclate d'un rire aussi sonore qu'indiscret.

— *Yeuhh* Ngazan ? Tu vas jon pour tchat le gars ? Eh, les femmes d'aujourd'hui ! Bon, je t'absous car si ma mémoire est bonne, jamais je n'ai entendu dire que tu zieutais un type. Jusqu'à un White ! Toi aussi tu cherches ton visa pour la France ? Je te donne le JB, mais si tu atterris à Mbeng ne m'oublie pas, je veux ma part !

Ngazan rit nerveusement, avale son verre cul sec, sa tête chauffe, ses hormones dansent le bikutsi, elle rajuste son ensemble en pagne, adresse une prière express à tous ses ancêtres et s'approche de la table du Whitie d'un pas chaloupé, arborant un sourire aux antipodes de l'habituelle face attachée de la serveuse camerounaise :

— Bonsoir, bienvenue chez Tantine Good Chop, que puis-je vous servir ? esquisse-t-elle avant de se tourner vers le Whitie et de s'interrompre, feignant la surprise. Oh ! mais je me souviens de vous ! Vous étiez au Caveau dernièrement ! lance-t-elle, avant d'ajouter : Vous avez bien terminé la soirée je suppose, soulignant sa phrase lourde de sous-entendus d'un clin d'œil appuyé, bénis soient le JB et tous ses frères alcoolisés.

Le Whitie rougit, sourit, bafouille puis se reprend :

— Peut-être l'aurais-je mieux terminée si vous ne m'aviez pas planté comme une vieille chaussette au milieu de ces furies.

How ? Ngazan rêve ou le gars la drague ?

— Est-ce que je pouvais lutter avec elles ? Elles allaient me faire la sorcellerie, vous savez, les filles-ci sont dangereuses quand un Blanc s'avise de passer sous leurs yeux !

— Ah ! bon, les Blancs seulement ?

— N'est-ce pas les Blancs ils ont l'argent ?

— Pas tous.

— Même le Blanc qui n'a pas un kopeck aura toujours plus que ces filles. Tu sors d'où pour ignorer ça ?

Un des convives interrompt Ngazan sèchement.

— Dis donc, c'est le débat aujourd'hui ? On a faim ! Apporte-nous un poulet DG et quatre Guinness. Depuis quand les servantes causent comme ça avec les clients ?

Le Whitie proteste gentiment.

— Emmanuel, tu as de ces manières... On ne fait que bavarder !

— *Yeuh*, gars, ouvre les yeux ! Ce n'est pas le bavardage qu'elle cherche, continue et tu vas te retrouver attaché avant même que le DG là arrive sur la table.

— Attaché, c'est-à-dire ? Ligoté ? demande le joli Blanc visiblement étonné.

— Non, attaché par la sorcellerie, précise Emmanuel. La go là peut te jeter un sort, elle part chez le sorcier, elle jette une rare poudre dans ton assiette et elle t'attrape comme ça.

Le scénario laisse le joli Blanc perplexe, mais exaspère Ngazan. Ce phacochère mal embouché d'Emmanuel adopte l'attitude exécrable du Camerounais blessé parce qu'une jolie compatriote s'intéresse à un Blanc. Elle se drape dans tout son orgueil, tourne les talons et lance :

— Je vais voir s'il y a une serveuse muette dans le personnel et je vous l'envoie.

— Vois-moi cette insolente ! vocifère Emmanuel. Tu veux que je parle au patron ? Que je lui dise que tu dragues pendant le service ? Cherche le gars tu vas trouver la porte ! Tu crois que le travail pousse sur les arbres ?

— Calme-toi, Emmanuel..., tente le joli Blanc.

— Les filles d'ici ont trop la gueule, il faut les mater ! entend Ngazan alors qu'elle s'éloigne, mortifiée non par ces gueulantes machistes, mais parce qu'elle ne sait plus comment approcher l'homme qu'elle connaît à peine mais qui déjà la bouleverse sans avoir affaire aux crocs acérés de ce chacal d'Emmanuel.

Par vengeance, elle leur envoie la serveuse la plus escargotique de l'établissement. Une heure et demie plus tard, *flic floc, flic floc,* l'indolente s'approche en traînant ses tongs pour disposer sur la table le piment et l'arôme Maggi, signe que le poulet DG tant attendu va enfin se matérialiser. Le DG, le plat phare des maquis du Cameroun, poulet Directeur Général, parce que seul un directeur général a les moyens d'emmener son deuxième bureau déguster cette riche fricassée de volaille accompagnée de plantains de poivrons et de carottes ; les fauchés se contentent d'emmener leur maîtresse dans une auberge à sieste, ces petits hôtels borgnes qui pullulent en ville, où l'ampoule censée éclairer l'entrée est toujours grillée et jamais remplacée, parce que les clients ne le veulent pas. Les fauchés culbutent leur maîtresse entre deux toiles d'araignée dans un lit grinçant rongé par l'humidité, posent un parfum bon marché ou un petit billet sur la table de nuit, et éventuellement, quand ils sont en fonds, les emmènent au ministère du Soya, ces étals en plein air où les haoussas du Nord vendent entre autres délices des brochettes de testicules de zébu braisées, un amuse-bouche raffiné censé revigorer le bangala le plus avachi. Les hommes en raffolent, surtout ceux qui, comme Emmanuel, craignent tellement la force des femmes que tout est bon pour se rassurer, même une couille de zébu braisée.

Ngazan s'affaire à d'autres tables, puis, profitant d'une pause, réfléchit à une stratégie, accoudée au bar. Elle ne va pas se laisser abattre par cette hyène d'Emmanuel. Elle a signé aujourd'hui sur le joli Blanc. S'il faut parapher, elle va parapher. Un « excusez-moi » proféré avec un accent scrupuleusement français l'extirpe de sa méditation express. Il est derrière elle. Elle fait un bond jusqu'à Douala aller-retour.

— Je suis vraiment désolé pour l'attitude de mon ami. D'ailleurs ce n'est pas mon ami, juste un collègue de travail, précise le joli Blanc. Il y a en France un chanteur qui s'appelle Renaud et qui chante « On choisit ses copains, mais rarement sa famille », une chanson sur son beau-frère qu'il déteste, eh bien on pourrait remplacer « famille » par collègues. Je viens d'arriver au Cameroun, Emmanuel m'a proposé de sortir, j'ai accepté, je tâcherai désormais de surveiller mes fréquentations. Je m'appelle Alexandre, et vous ?

— Moi c'est Ngazan Ella Belinga, mais tout le monde m'appelle Ngazan.

— C'est joli comme prénom ! Ngazan, pour excuser la maladresse de mon collègue, et puis surtout parce que j'en ai envie, j'aimerais vous inviter à dîner dans la semaine, si vous voulez bien.

Ichh! le gars là parle aux filles comme on parle dans les feuilletons français sur TV5, avec élégance et galanterie. Ngazan est au bord de l'apoplexie mais parvient à répondre :

— D'accord, mais je n'ai pas beaucoup de choix pour la date. Mon jour de repos c'est le lundi.

— Alors va pour lundi prochain ! Vous avez un numéro où je peux vous joindre ? Je vous appellerai lundi dans la journée pour savoir exactement où je dois passer vous prendre.

Ngazan lui donne son numéro de cellulaire, il remercie, l'enveloppe d'un sourire chaleureux et prend congé.

5

Alexandre.

ALEXANDRE.

A-LEX-ANDRE.

Elle n'arrive à inscrire que son prénom sur son cahier. Le bonheur tarit sa plume, comme s'il refusait de s'écrire, préférant inonder l'air d'une fragrance sucrée.

Depuis qu'Alexandre a posé son regard sur elle, jamais elle ne s'est sentie aussi vivante. Il l'a sortie de terre, elle tutoie la cime des palmiers, il est une évidence dans l'océan d'incertitudes dans lequel elle nage. Et pourtant elle tremble en l'attendant. Elle a soudain honte de sa misère. Elle n'a pas envie de faire pitié. Qu'a-t-elle à lui offrir ? Il est allé à l'école, il a des diplômes, il a voyagé. Il connaît. Il a vécu. Elle vivote.

Elle a balayé la cour frénétiquement. Revêtu son tailleur le plus élégant, celui en pagne brodé. Nimbé son cou de quelques gouttes d'un parfum offert par la Princesse. Comme pour lui faire honneur, toute la famille s'est parée de ses plus beaux atours. Zamba soit loué, Eyenga, l'amant de tante Marthe, le seul élément susceptible de détonner, est encore dans un bar à concourir pour le Guinness book des records, catégorie plus grand buveur de Guinness. Bamba se muera en enfant de chœur lorsque Alexandre fera son apparition, même si pour l'instant il est en passe de remporter l'oscar de la tête à claques.

« Nioxer, nioxer, à Yaoundé ça nioxe, à Paris ça nioxe, chez Ngazan, ça nioxe, chez Alexandre ça nioxe... » fredonne-t-il en tortillant des fesses comme Petit Pays, l'auteur de ce tube inénarrable qui énumère divers endroits de la planète où l'on s'envoie gaiement en l'air.

— Ferme ta bouche, Bamba ! Depuis quand un enfant chante ce genre de chanson ? explose Ngazan.

— C'est le chant du supporter, Ngazan ! Tu joues ta coupe du monde ce soir, tu dois nous ramener le trophée, moi je veux aller étudier aux States. Ngazan, tu dois scorer ce soir, tu attaques, tu tacles passement de jambes et... buuuuuuuuut ! ! ! tonitrue Bamba à la manière des commentateurs sportifs de Radio Cameroun.

A défaut de but, Ngazan lui décoche une taloche d'intimidation. Pas de quoi démonter Bamba. « Nga-zan Boumayé ! Nga-zan Boumayé ! hurle-t-il, reprenant le cri de guerre du public zaïrois lors du légendaire combat entre Mohammed Ali et George Foreman. Bamba est une peste, mais une peste diablement intelligente, songe Ngazan. Avec de l'argent, je pourrai le mettre dans les meilleures écoles, puis l'envoyer à l'université, et qui sait en France... Ngazan balaye aussitôt cette pensée qui parasite son attirance pure pour Alexandre. Elle refuse de songer aux conséquences heureuses d'une histoire avec lui, et d'ailleurs elle refuse de penser à une histoire avec lui. Est-ce qu'il voudra seulement d'elle, avec toutes ces jolies Blanches lettrées et manucurées qui doivent l'attendre là-bas en France ?

— Je vois des phares ! s'exclame Pulchérie, qui guette le haut de la colline depuis une demi-heure, telle Anne la belle-sœur de Barbe-Bleue ne voyant rien venir.

La maisonnée se précipite dans la cour. Les voisins font de même. On dirait qu'un clairon invisible sonne le rappel. Tous au garde-à-vous ! Ngazan regrette de ne pas avoir donné rendez-vous à Alexandre ailleurs, elle a sans doute lu trop de livres où le soupirant vient chercher sa cavalière sous le porche de la maison familiale et se présente aux parents avec force courbettes. Une 306 briquée de près approche, et un visage blanc luit dans la nuit noire. Ngazan lance à la ronde une injonction désespérée :

— Vous aussi, dispersez-vous ! Vous faites le pied de grue comme si vous attendiez le Président ! Vous n'avez jamais vu de Blanc ? Vous voulez qu'il fuie tout de suite, en voyant qu'il a toute ma famille sur le dos alors qu'il m'a à peine approchée ? Vous voulez me souiller là direct cash ?

L'armée des sourds-muets ne bronche pas. Le comité d'accueil reste au garde-à-vous. La voiture d'Alexandre s'arrête dans un crissement feutré. Ngazan bondit à l'intérieur avant qu'il n'ait eu le temps de songer à sortir saluer la marmaille qui attend, unanimement figée dans un sourire béat. L'archange Gabriel n'aurait pas fait meilleur effet.

— Bonsoir, Alexandre. Comme tu l'auras constaté, j'ai des voisins encore plus curieux que ma propre famille. Démarre avant que je ne meure de honte.

Alexandre sourit et adresse de la main un salut amusé aux spectateurs.

— Ne t'inquiète pas, c'est très agréable d'être dans la peau de Tom Cruise, ou d'un éléphant rose à pois verts. Je crois que je vais descendre signer quelques autographes...

Ngazan rit nerveusement et lui donne une petite tape sur l'épaule.

— Pardon, démarre !

— Oui, chef ! Bon, on va où ? Tu connais les restaurants de la ville mieux que moi. C'est toi le guide ce soir.

Involontairement, Alexandre avait commis son premier impair. Comment pouvait-il imaginer que Ngazan n'avait jamais mis pied dans un restaurant, un vrai, là où vont les Blancs et les kapos, où un serveur compassé vous tend une carte où le prix des plats équivaut au quart de ce qu'elle gagne par mois chez Tantine Good Chop ? Certes, Ngazan était allée deux ou trois fois dans des circuits de quartier, ces logis anonymes où, moyennant finances, on avale ce qui tombe dans l'assiette, installés à la hussarde dans le salon des propriétaires, aux côtés des gamins de la maison agglutinés devant une télé braillarde. Mais elle ne pouvait décemment pas emmener Alexandre dans ce genre de boui-boui susceptible de provoquer une attaque bactériologique dans son estomac de Blanc, tout en lui renvoyant à la face l'extrême misère de sa dulcinée du ghetto. Elle répertoria rapidement dans sa tête les enseignes devant lesquelles s'alignaient le soir venu les grosses cylindrées des nantis, et opta pour les Baguettes d'or, l'une des innombrables tables chinoises que comptait la ville depuis que Pékin avait accordé de substantielles aides au pays en échange d'un quota généreux de cartes de résident pour ses ressortissants. Le kongossa, l'avatar local de la rumeur, disait que c'étaient des prisonniers qu'on avait envoyés au Cameroun pour désengorger les bagnes de là-bas, la lie de la société quoi. Une chose était sûre, dans les bas-fonds sans fin, il n'était pas rare de trouver des Chinois pouilleux tenant une boutique étriquée. Ngazan entendait dire qu'ils dormaient à douze dans deux pièces. Ce qu'elle avait vu de ses propres yeux, c'étaient des Chinoises fermement agrippées à la selle d'un benskin, une mototaxi, signe que les donzelles aux yeux qui rient n'avaient même pas les moyens de prendre un taxi normal. Et puis quels étaient ces faux Blancs qui n'avaient pas leur propre voiture ? Ces Blancs jaunis que les Camerounais voyaient d'un mauvais œil, tant ils s'appliquaient à les concurrencer dans la misère et la débrouille ? Le seuil de tolérance avait été atteint lorsqu'un Chinois avait ouvert une gargote où l'on servait de la cuisine camerounaise. Fini le riz cantonais, Tonton Han servait la meilleure sole braisée du Cameroun, vous avez vu ça où ? Les Baguettes d'or évidemment, c'était un autre niveau. Le plus ancien restaurant chinois de la ville. Son imposante façade en marbre ornée d'immenses lampions rouges en disait long sur le statut des convives : que du lourd.

— Allons aux Baguettes d'or, c'est à la montée Elig Essono.

— Un restaurant chinois je parie !

— Comment tu as deviné ? s'étonne Ngazan.

— Les baguettes, pardi ! Excellent choix, il y a des restaurants chinois partout dans le monde, et il paraît que dans chaque pays ils s'adaptent à la cuisine locale. Le chinois de Yaoundé diffère t-il du chinois de Paris ? Verdict dans quelques minutes ! ajoute Alexandre en adoptant le ton théâtral d'un présentateur télé.

Ngazan ne voit aucun rapport entre les baguettes et la Chine. La baguette lui évoque plutôt la France. Elle ne s'est d'ailleurs jamais demandé pourquoi, curieusement, une enseigne chinoise utilise un symbole de la gastronomie française, mais ce dont elle est sûre, c'est que si elle s'avise de demander des éclaircissements à Alexandre, elle va passer pour la dernière des idiotes.

Dieu merci, le restaurant n'est pas trop loin de chez elle. Cette soudaine promiscuité avec Alexandre la trouble, lui gâche même le plaisir d'être dans une vraie voiture, un véhicule personnel, agréablement climatisé, qui sent encore le plastique neuf, et pas un taxi semi-désossé qui pue l'huile de coude, la rouille et la sueur. Elle peut compter sur les doigts d'une main le nombre de fois où elle est montée dans une voiture de particulier. Pourtant, elle n'a qu'une envie, descendre, retrouver une distance plus respectable entre Alexandre et elle, celle d'une table de restaurant et toute la conversation qui va avec. Ngazan ? C'est quoi même ? Tu as peur de quoi ? Est-ce qu'Alexandre va t'inoculer la maladie du sommeil, est-ce que c'est une mouche tsé-tsé, un coupeur de tête, un tonton macoute, un cannibale de Nouvelle-Guinée, un sicaire de l'empereur Kankan Moussa ? Non, alors calme-toi, lève la tête et montre-lui qui tu es.

Alors le verbe fuse. Elle lui parle de l'histoire de Yaoundé au gré des quartiers qu'ils traversent. Yaoundé, déformation germanique de « Ewondo », une appellation née comme souvent en Afrique de l'incapacité totale des conquérants européens à prononcer correctement les dialectes locaux. Ewondo, sa tribu, et elle continue par la généalogie compliquée de sa famille qui épouse l'histoire du pays. Elle lui parle de son village, effleure son propre passé, s'interrompt pour tester les fameuses baguettes, renonce d'un « voilà pourquoi les Chinois sont si maigres, ils n'arrivent qu'à attraper trois grains de riz avec ces choses-là », lui pose une foule de questions parce que le flot de la parole s'est libéré, qu'elle veut tout savoir de lui, et qu'elle a lu dans un vieux *Cosmopolitan* donné par la Princesse que lors du premier dîner il ne faut surtout pas monopoliser la conversation pour ne pas être taxée de fieffée égocentrique, même si elle sait d'instinct qu'elle ne doit pas non plus faire la silencieuse effarouchée comme les jeunes filles camerounaises, parce que les Blancs ne cherchent pas forcément une femme soumise, et d'ailleurs ça tombe bien elle ne l'est pas. Elle reprend la parole et, de l'histoire du Cameroun, glisse sur le gâchis qu'est aujourd'hui le pays, par la faute de ses dirigeants, et non par une tare congénitale africaine comme le sous-entendent bon nombre d'Européens tout en pillant le continent sans vergogne.

— Tu vois, nous en Afrique on a un siècle de retard, s'emporte Ngazan. On nous dit qu'on est sous-développés et que c'est de notre faute, mais regarde la France au dix-neuvième siècle, quand tu lis *Les Misérables* de Victor Hugo ou *Germinal* de Zola, ce n'est pas si éloigné de ce que nous, les Africains, nous vivons aujourd'hui. Et les States alors ? Les gens crevaient de faim en 1930, ils grattaient la terre pour trouver des racines, ils avaient l'estomac aussi vide que le sein d'une ménopausée ! Ceux qui ne voient que l'Amérique toute-puissante, qu'ils aillent relire *Les Raisins de la colère*, on va voir s'ils vont ouvrir leur bouche après.

Ekié ! Elle a dit quoi pour qu'Alexandre la regarde comme s'il avait vu un génie du fleuve ?

— Ngazan, tu as lu tous ces livres ?

— Est-ce qu'on dort au Cameroun ?

— Mais tu m'as dit que tu avais arrêté l'école en troisième !

— Est-ce que la vie s'arrête avec l'école ?

— Tu as le temps de lire avec toutes tes activités, Tantine Good Chop, la call-box ? Tu les achètes, tes livres ? Il paraît que ça coûte très cher ici !

— Non, c'est une voisine qui me les prête. Je lis à mes moments perdus. J'écris aussi.

— Ah bon ? renchérit Alexandre, bouche bée.

— Tu sais, on survit comme on peut ici. Certains boivent, moi j'écris.

— Un journal intime ?

How ? Alexandre la minimise ou bien ?

— Non, des nouvelles !

— Tu as vu un éditeur ?

— J'ai vu un éditeur qui n'a voulu voir que mes fesses. Je ne suis pas prête à tout pour être publiée. Et d'ailleurs personne n'achète de livres ici.

— Je pourrai lire ton manuscrit ?

— Si tu me promets que tu ne te moqueras pas de moi.

— Pourquoi veux-tu que je me moque ? rétorque Alexandre, légèrement vexé par le peu de confiance qu'elle lui accorde, lui qu'elle hypnotise littéralement. Elles parlent de quoi tes nouvelles ?

— La vie au quartier, des portraits... Maintenant j'essaie d'écrire un roman.

— Mais, Ngazan, tu lis beaucoup, tu écris, pourquoi n'essaies-tu pas au moins d'enseigner ?

— Parce qu'il faut des diplômes.

— Mais si tu passes les examens tu as toutes tes chances !

— Pour passer l'examen de l'Ecole normale, je dois reprendre les études. Le salaire de domestique de ma tante, et les quelques CFA que ramène ma mère de sa gargote lorsqu'elle n'est pas malade ne suffisent pas à nourrir la famille ni à envoyer mes frères et mes sœurs à l'école. Il faut aussi envoyer l'argent au village, payer les médicaments de maman. Je suis obligée de travailler. Et puis il faudrait aussi payer ma scolarité.

— Tu pourrais garder ton travail de serveuse le soir et confier la call-box à quelqu'un d'autre, suggère Alexandre.

— Pour que ce quelqu'un finisse mon argent ou disparaisse avec mes téléphones ? Tu ne connais pas le nombre de bons à rien qui circulent en route. Et les plus mauvais en tout sont toujours dans ta famille : le chacal est le pire ennemi du chien.

Mille étincelles traversent le regard d'Alexandre. Le rouge lui monte aux joues. C'est la première fois qu'un homme, que quelqu'un tout court paraît sensible au sort de Ngazan. S'il continue, son cœur de jeune fille meurtrie va éclater. Il va même éclater tout de suite, là, dans la salle aseptisée et climatisée des Baguettes d'or, exploser en mille morceaux sur les chaises laquées, dans l'aquarium où des poissons flasques tournent en rond comme dans un asile de fou, parce que Alexandre lui a pris la main, s'est approché d'elle et lui souffle pardessus sa coupelle de litchis au sirop :

— Ngazan, tu es intelligente, tu es vive, tu es extrêmement jolie. Tu mérites mieux. Je sais que tu te bats, bats-toi encore plus, tu peux y arriver si tu crois en toi.

Plutôt que de fondre comme une sucette glacée au soleil, Ngazan se retranche derrière son agressivité à l'égard des hommes.

— Mon ami, on n'est pas dans un roman de Barbara Cartland, mais au Cameroun. Ici, croire en soi comme tu dis, être intelligent, ça ne suffit pas. En admettant que Dieu me parachute un colis de dollars pour nourrir ma famille pendant mes études, au concours d'entrée à l'Ecole normale, je tomberai de toute façon sur un examinateur qui me demandera quelques faveurs en échange d'une bonne note. Sonnantes et trébuchantes au mieux, en nature au pire. Continuons dans la science-fiction. Si je suis admise à l'Ecole normale sans ce passage obligé, et que j'en sors, je serai affectée, comme tous les professeurs, quelque part en brousse et travaillerai au moins deux ans sans être payée. Qui va s'occuper de ma mère, de mon frère et de ma sœur ? Qui va me donner un toit et remplir mon estomac ? Dieu va encore m'envoyer un nouveau colis de dollars ? Si Dieu était aussi grand, ça se saurait. Alors tu vois, tes discours de Blanc généreux, sous les tropiques, ils tournent comme le lait au soleil.

Alexandre écoute la diatribe de Ngazan sans perdre son calme. Mais à la dernière phrase, il tique :

— Mes discours de Blanc ? Pourquoi est-ce que je suis d'emblée défini, jugé, traité comme un Blanc partout dans ce pays, même par toi qui me sembles plus fine que la moyenne ?

— Débrouille-toi avec tes ancêtres. Ce ne sont pas les miens qui ont décidé il y a longtemps d'établir un système de domination basé sur les couleurs. Ce ne sont pas les miens qui ont perverti les rapports. Assume ton héritage. Et merci quand même d'avoir remarqué que j'étais plus fine que la moyenne. Si ce n'était pas le cas, je ne te parlerais pas comme ça, je ne te contredirais pas, je serais douce comme du beurre de karité parce que je verrais en toi une poule aux œufs d'or, et pas juste un joli coq gaulois ! conclut Ngazan, soudain radoucie.

Mais très vite, sa pensée rattrape sa parole, et c'est la panique. Ngazan tu as dégammé ! Ta bouche là va te finir ! « Joli coq gaulois », ça s'appelle une avance ! Le roi de la basse-cour et des Baguettes d'or glousse déjà de plaisir.

— Bon, va pour joli coq gaulois, c'est déjà plus poétique que « le Blanc ». Moi je t'appellerai Ngazan la gazelle, pour rester dans les clichés et la poésie, et puis j'aime bien l'allitération, Ngazan la gazelle ça gaze ? Oui je sais je deviens idiot, mais c'est l'émotion !

Il la raccompagna chez elle après un dernier verre à l'Exotica, le premier lounge bar de la capitale, véranda coloniale, canapés en rotin et jeunesse dorée alanguie au bord d'une piscine phosphorescente. Les phares fendaient la nuit épaisse. Leur halo formait un îlot ouaté dans un monde sombre, ouaté et rassurant comme Alexandre depuis qu'il lui avait pris la main au restaurant. A son contact, Ngazan a réalisé à quel point elle en a besoin, elle la frondeuse, la solitaire, la fière Ewondo pétrie de fausse morgue. Elle a envie de se couler dans cette main, comme la glaise dans la paume du sculpteur, comme l'enfant apeuré. Cette main qui se referme à nouveau sur la sienne, douce comme la voix qui lui susurre à l'oreille, par-delà le ronron du moteur...

— Vous voilà à bon port, mademoiselle. Merci pour cette belle soirée, j'ai très envie de vous embrasser, mais comme vous n'y verriez qu'une attitude de Blanc dominateur, j'attendrai que vous le fassiez.

Ngazan remercie Dieu de l'avoir faite noire : si elle avait été blanche elle aurait rougi comme le derrière d'un macaque. Elle pouffe comme une fillette, plaque un baiser furtif et maladroit sur les lèvres d'Alexandre, et s'enfuit, légère comme une gazelle dans la nuit.

6

Et maintenant ?

Ngazan ne peut plus continuer à vivre sans rien attendre du lendemain. Alexandre lui ouvre un horizon, mais pour l'instant elle a le vertige. Lorsque leurs langues se sont rencontrées pour la première fois, elle s'est raidie. Depuis, elle s'est habituée, mais n'arrive pas à trouver agréable ce ballet moite. Et pourtant elle déborde d'amour, elle se noie dans ses yeux, son cœur est inondé comme les yaérés, ces vastes plaines du Nord-Cameroun à la saison des pluies, lorsque tout repousse, que la vie éclot en mille et une couleurs par-dessus les flots.

Du balcon d'Alexandre qui surplombe les bas quartiers et leur perpétuel tohu-bohu, elle goûte l'air frais des collines, celui qui n'atteint jamais les ghettos de misère coincés dans la touffeur des vallées. Elle respire à pleins poumons la douce soirée africaine, espérant puiser ainsi des forces pour cette première nuit chez son amoureux. Comme dans les films, il va s'approcher doucement derrière elle, l'enlacer, ils vont rester ainsi en silence, à l'unisson des vibrations nocturnes, puis il va l'embrasser dans le cou, ses doigts vont parcourir son corps, il va lui prendre la main et l'attirer à l'intérieur, dans sa chambre fonctionnelle d'expatrié de passage, et il faudra qu'elle parvienne à soupirer de plaisir et à s'abandonner, comme dans les films.

Elle tente de se raccrocher à des sensations agréables. Ce matelas infiniment plus moelleux que sa paillasse, ces draps qui caressent sa peau au lieu de l'irriter comme la toile rêche qui lui sert de couvre-lit. Doux au départ, les gestes d'Alexandre se font plus impérieux. Il déboutonne son corsage, ses lèvres se referment sur l'une de ses aréoles, mais Ngazan s'arrache brusquement à leur emprise, bondit hors du lit, s'enfuit dans la salle de bains et s'y enferme à double tour, laissant Alexandre brûlant et désemparé.

— Ngazan, qu'est-ce qui t'arrive ?

Ngazan pleure de tout son corps, pleure son hymen déchiré dans la violence, pleure de ne pouvoir surmonter ce traumatisme, ses larmes rempliraient toute la cuvette asséchée du lac Tchad, tous les oueds du Sahel, tous les puits vides ensevelis sous le sable du désert qui avance. Entre deux sanglots, elle dévoile son viol. C'est la première fois qu'elle a le courage d'ouvrir cette blessure grossièrement suturée par le silence et l'oubli, et sa parole jaillit d'un torrent de larmes.

— Je suis désolé, je suis désolé, balbutie Alexandre, la tête contre la porte en contreplaqué. Je ne savais pas... Je ne te veux pas de mal, Ngazan. Ce n'est pas un homme qui t'a fait ça, c'est un porc. Ouvre-moi, laisse-moi juste te prendre dans mes bras, je t'envelopperai, et nous nous endormirons, l'un contre l'autre, tout simplement.

Ainsi fut dit ce soir-là, ainsi fut fait. Ce soir et tous ceux qui suivirent. Alexandre avait compris : seuls les mots avaient sauvé Ngazan, seule la parole la libérerait. Alors il la faisait parler, et pour qu'elle n'ait pas le sentiment que ce fût un exercice, il parlait de lui, à travers ses pérégrinations de reporter. Il lui parla du médecin turc rencontré dans un village du Kurdistan, qui ne se déplaçait jamais sans son pistolet parce qu'il était le seul Turc à des dizaines de kilomètres à la ronde, et qui, un soir qu'ils dînaient de goûteuses brochettes d'agneau sur les berges du lac de Van, lança une phrase digne d'un livre de Boulgakov : « Je m'ennuie tellement dans ce trou à rats que je me surprends à supplier le diable de venir me rendre visite : ça ferait de l'animation. » Il lui parla de Maurice, débonnaire Français propriétaire d'une posada nichée dans une crique vénézuélienne paradisiaque, qui cuisinait le magret au tamarin comme pas deux, mais qui s'avéra être un narcotrafiquant, utilisant comme couverture ses excursions touristiques sur l'Orénoque, fleuve dans lequel Alexandre faillit périr dévoré par les piranhas lorsque Maurice le débonnaire s'aperçut qu'il avait découvert le pot aux roses bourré de coke. Il rassemblait sa vie en une galerie de personnages qui défilaient devant les yeux brillants de Ngazan. Avec ses histoires Alexandre faisait le paon, la roue, il la distrayait la divertissait l'enveloppait de ses paroles et de ses regards, mais ne la touchait pas. Jusqu'au soir où, alors qu'ils étaient allongés sur le lit immaculé, au terme d'une énième histoire de Rouletabille des temps modernes, celle de l'ingénieur israélienne en aéronautique reconvertie en masseuse post-hippie qui, sur la plage de Goa, lui avait fait tutoyer les étoiles d'une habile pression digitale, Alexandre avisa le flacon de monoï qui traînait sur sa commode, près de ses lunettes de piscine, et lui proposa un massage.

— *Iiiih*, Alexandre, s'esclaffa Ngazan, ça c'est pour les Blancs. Tu sais que chez nous les Ewondos on ne masse que les bébés, pour les fortifier, éloigner les maladies et chasser les mauvais esprits.

— Alors disons que tu es mon bébé ce soir, répondit Alexandre depuis la salle de bains où il réchauffait déjà le monoï sous un jet d'eau brûlante.

— *Ouhh*, ça chatouille ! gloussa Ngazan en se tortillant pour tenter de libérer son pied de la poigne d'Alexandre. Puis elle ferma les yeux, prit une profonde inspiration et s'imagina bébé, entre les mains maternelles de Mfono Belinga. Un heureux bébé africain vivant quelques mois d'insouciance et de cajoleries avant de marcher, de grandir et d'être rattrapé par la dure réalité de l'enfance pauvre : faire des kilomètres pour puiser de l'eau, porter ses petits frères sur ses frêles épaules, voler quelques instants aux tâches quotidiennes pour s'inventer un monde avec trois bouts de bois ou un vieux chiffon, et oublier ainsi son ventre à moitié vide. Entre les paumes bienveillantes d'Alexandre, Ngazan se laissait envahir par la torpeur et l'émotion. Etait-il possible qu'après sa mère, quelqu'un d'autre songeât à prendre soin d'elle ? Etaient-ce bien des frissons de plaisir qui montaient des tréfonds de son corps lorsque Alexandre lui massait le creux de l'épaule, remontant le long de sa nuque pour déployer ses dix doigts sur son crâne en des mouvements circulaires et chamboulatoires ? Des tresses les mains d'Alexandre descendirent sur ses fesses, il entreprit de les pétrir, s'égara dans son entrejambe, effleurement, feulement, doucement, infiniment doucement, il lui écarta les cuisses, et se coula en elle.

Cette nuit-là, les vieux démons quittèrent le corps de Ngazan.

Wèèè ? Pourquoi personne ne veut admettre qu'elle est amoureuse ? Dans quelles tables de la loi est-il écrit qu'une femme africaine n'est avec un Blanc que pour son argent ? Alexandre est pur, et l'ordre des choses veut qu'elle le soit également. Elle est heureuse de lui ouvrir les portes de son monde. Le samedi soir, elle le place à la meilleure table chez Tantine Good Chop, juste en face des musiciens. Elle regarde ses grands yeux noirs s'illuminer lorsque Johnny Meva et sa choriste Solange entament un bikutsi endiablé, la musique de l'Equateur, des seigneurs de la forêt, ses ancêtres. Elle lui a appris à « motiver » l'orchestre, à aller déposer, en ondulant au rythme des balafons, un billet dans la poche de Johnny, ou dans le décolleté de Solange. Elle lui a expliqué que ce n'est pas vulgaire, qu'il s'agit d'un dérivé de la coutume sahélienne qui consiste à encourager le griot porteur de louanges. Ce billet n'est pas le reflet de la vanité du donateur, c'est une manière de participer à la fête, de manifester sa joie, d'être avec les siens. Alexandre est comme une tendre éponge, il ne demande qu'à s'imprégner, à s'épanouir au contact de son pays, et tout ça grâce à elle, son décodeur, son passeur.

Pour sa famille, Ngazan a trouvé le Graal. Bamba se voit déjà parader sur les Champs-Elysées, Pulchérie à la télévision française. Soudain, la horde de cousins et de cousines qui végètent au village défilent dans la case d'Essos, qui pour quémander de quoi ouvrir une petite alimentation, qui pour quérir de quoi soigner sa cataracte, qui pour pleurer sur son sort de footballeur sans crampons dans le but d'obtenir une paire de chaussures pour disputer le tournoi départemental. Et quand Ngazan répond qu'elle n'a pas d'argent, invariablement, le doléant roule des yeux étonnés et, prenant l'air outragé du dupé à qui on ne la fait plus, s'indigne : « Tu mens ! N'est-ce pas ton gars est blanc ? »

Elle n'a jamais eu autant d'amies, pressées de savoir si Alexandre a un frère, ou, à défaut, s'il compte inviter ses cousins ou ses amis à venir en vacances. Hortense est la plus assidue. La copine de Cendrillon ne digère pas d'être la dernière roue du carrosse. La plupart de ses camarades se sont trouvé leur Blanc. Les plus habiles ont même réussi à se faire épouser. Depuis qu'elles s'appellent Madame Glandu ou Misses Somewhat, elles s'exercent des heures durant à ne plus rouler les R, pour gommer de leurs propos toute intonation camerounisante, ce qui leur donne en permanence un ton affecté. Leur plus grande jubilation, c'est de porter dans leurs entrailles un enfant dont la moitié du sang est blanc, et quand Ngazan s'évertue à leur rappeler que tous les Homo sapiens ont le sang rouge, elle se fait traiter de rabat-joie aigrie rabougrie. Leur principale interrogation de femme enceinte, c'est de savoir si leur rejeton sortira café au lait, moka, capuccino, réglisse, caramel au beurre salé ; leur terreur, qu'il sorte aussi noir qu'elles, voire — horreur enfer et damnation — carrément charbon ; leur rêve, qu'il naisse aussi blanc que leur père, ou alors à la rigueur vaguement teinté, un nuage de café dans une tasse de lait chaud. Dans le roman qu'elle écrit, Ngazan appelle cela la colonisation des esprits, cette attitude fréquente sous les latitudes équatoriales qui consiste à voir ce qui est blanc comme ce qu'il y a de mieux sur cette planète, et par conséquent à dénigrer tout ce qui est noir, à commencer par soi-même. Il n'y a pas de honte à être noir, pense-t-elle, de même qu'il n'y a aucune fierté particulière à l'être, contrairement à ce que claironnent les Afro-Américains. Elle, elle est juste fière d'être une Mvog-Mballa, le clan des seigneurs de la forêt, et que les seigneurs de la forêt soient noirs, blancs, verts ou albinos n'y change rien.

Les mois passaient, goûteux comme la pulpe du corossol. Le jour du retour d'Alexandre en France approchait. Ngazan avait trop d'orgueil pour lui demander de le suivre. Même si elle savait que la France des livres d'antan s'était envolée avec le temps, elle était curieuse de connaître ce pays qui la faisait tant rêver enfant et adolescente, lorsqu'au fil des pages, elle tirait la langue aux gargouilles de Notre-Dame de Paris, sirotait un thé et grignotait des madeleines avec des duchesses chapeautées dans un palace Belle Epoque, ou pistait la bartavelle dans la Provence solaire de Marcel Pagnol. Mais elle irait là-bas pour faire quoi ? L'idée de dépendre d'Alexandre lui faisait horreur. Ce fut donc lui qui aborda le sujet, timide et rougissant, un soir où elle avait décidé de faire un repas de fête et mettait la dernière main à un gâteau de pistaches, empoignant vigoureusement les feuilles de bananier contenant le savoureux mélange pour le lier avec de fines lanières en écorce.

— Je sais que ma demande peut surprendre, venant d'un célibataire boucané comme moi, mais je ne veux pas te laisser au Cameroun, viens avec moi en France, Ngazan.

Ngazan interrompt brutalement sa manœuvre et réplique, aussi tranchante qu'elle peut l'être lorsqu'elle est émue :

— Qui te dit que je veux venir avec toi ? Que j'ai envie d'aller en France ? Monsieur a décidé, Monsieur siffle et j'accours en jappant ? Pour aller galérer là-bas ? Il est hors de question que tu m'entretiennes, Alexandre.

La douche froide dégrise instantanément Alexandre. Il retrouve son assurance de mâle énervé.

— Ah ! parce que ici tu ne galères pas peut-être ?

— Premièrement, ici, je n'ai pas besoin de toi pour vivre, Alexandre. Deuxièmement, ici, c'est chez moi, et tout le monde est dans la même galère. Alors prends ton avion, moi, je reste ici, je travaillerai dur, j'économiserai, et peut-être qu'un jour je te rejoindrai.

— Tes crises d'orgueil commencent à me filer des boutons, Ngazan ! s'emporte Alexandre. Tu es ridicule ! Tu sais très bien que pour te payer un billet d'avion pour la France, tu devrais économiser pendant des années, et pendant tout ce temps te nourrir exclusivement de cacahouètes !

— Ah bon ? Elles t'indisposent mes crises d'orgueil, comme tu les appelles ? Tu n'as même pas cherché à comprendre ? Tu ne vois pas que c'est ma seule richesse ? Que c'est tout ce que j'ai ?

— Ouvre les yeux, Ngazan, ta richesse c'est ton intelligence. L'orgueil ce n'est pas ta richesse mais ta béquille. Et quand tu la lâcheras, tu t'apercevras que tu peux très bien marcher sans, et même courir !

Alexandre a le don, en une phrase bien sentie, de faire valser ses certitudes. Pour la forme, Ngazan le plante là, avec son gâteau de pistaches mi-cru gisant sur la table de la cuisine, boude le temps qu'il faut, et trois jours plus tard sonne chez lui, sans un mot d'excuse, une valise vide à la main et le sourire plus désarmant que jamais.

7

L'ambassade ressemble à un gâteau de mariage : imposante et alambiquée, coiffant une des collines de Yaoundé de sa silhouette blanche et tarabiscotée, sa vue déclenche une légère sensation d'écœurement. Un haut mur hérissé de barbelés et de tessons de bouteille la ceinture, comme un avant-goût de l'accueil que réserve la France à tout étranger basané qui aurait l'outrecuidance de s'approcher d'elle. A huit heures du matin, un serpent humain cuit déjà sous le soleil devant le portail massif, blindé et percé de deux minuscules portes sévèrement gardées par des cerbères peu amènes, sous l'œil placide mais néanmoins vigilant d'un détachement de la gendarmerie française. L'une des entrées est réservée à la masse négroïde des quémandeurs de visa, l'autre au personnel, aux Français et aux ressortissants de pays dignes d'être exemptés de l'attente interminable. Le pas sûr, Alexandre et Ngazan s'approchent de l'entrée des Français. Le vigile, un Camerounais fâché avec la vie, s'efface pour laisser passer Alexandre, puis se repositionne promptement et barre la route à Ngazan.

— Mais elle est avec moi ! proteste Alexandre.

— Elle a un passeport français? aboie le cerbère.

— Non, justement nous venons nous renseigner sur les papiers dont elle a besoin pour rentrer avec moi en France.

— Vous croyez que c'est comme ça qu'on fait? Les passeports camerounais, c'est par là, éructe le dragon en indiquant d'un doigt impérieux le terme de la file d'attente, deux cents mètres plus loin.

Alexandre insiste :

— Mais laissez-nous au moins entrer pour nous renseigner !

Le gardien du temple fait une moue agacée pour signifier à Alexandre que sa patience a des limites, mais comme il ne peut pas rabrouer un ressortissant français aussi vertement que ses concitoyens, il lance dans un effort de politesse surhumain :

— Monsieur n'ai-je pas été assez clair?

— Mais c'est absurde, je l'accompagne, vous me faites entrer et pas elle? C'est ma future épouse ! bluffe Alexandre, rouge de colère.

L'un des gendarmes français s'approche d'Alexandre avec la hâte d'un escargot de Bourgogne.

— C'est quoi le problème ? demande-t-il d'un ton ennuyé.

— Le problème, c'est que j'accompagne ma future femme pour qu'elle fasse les formalités nécessaires pour rentrer en France avec moi. Moi on me laisse entrer et elle on la fait attendre. Vous trouvez ça normal ?

— Elle a un passeport français ? réitère l'agent de la maréchaussée.

— Elle est avec moi ! s'impatiente Alexandre.

— Vous comprenez, monsieur, si on la laisse entrer, elle et son passeport camerounais avec vous, on fait du favoritisme et j'ai une émeute sur les bras. Je suis garant de l'ordre ici, monsieur, alors votre petite dame, elle doit faire la queue comme tout le monde, lâche le gendarme en bombant légèrement le torse pour rappeler que le roi et la loi, ici, c'est lui.

— C'est vraiment du Kafka..., ironise Alexandre avant de réaliser, devant l'air perplexe de son interlocuteur, que celui-ci n'est pas fichu de savoir que Kafka n'est pas une marque de feta.

— Bon, soupire-t-il. Ngazan, va m'attendre à l'ombre, dans la voiture, je vais me renseigner sur les papiers nécessaires, comme ça tu ne feras la queue qu'une seule fois... Et d'ailleurs j'attendrai avec toi, au moins ça leur donnera mauvaise conscience.

Fulminant d'humiliation, Ngazan fait demi-tour, et Alexandre pénètre dans la forteresse tricolore. A l'intérieur, deux Camerounais attendent fébrilement, une liasse de documents en main, que les deux préposées à l'accueil finissent de détailler leurs programmes respectifs pour les prochaines vacances d'été. Les deux guichetières officient derrière une vitre blindée, probablement là pour leur éviter de subir les représailles des multiples demandeurs de visa éconduits sans motif. La vitre est percée de deux hygiaphones, car « les maladies tropicales sont vicieuses, ma p'tite dame, ces sauvages, on ne sait jamais quelles cochonneries ils peuvent traîner ! ».

Après avoir décrit minutieusement l'appartement qu'elle louera à Juan-les-Pins la première quinzaine d'août, l'une d'elles s'aperçoit de la présence d'Alexandre et le hèle.

— Ces messieurs étaient avant moi, précise Alexandre dans l'hygiaphone.

— Oui, mais vous ça ira plus vite, répond, péremptoire, la blonde guichetière.

— Merci mais je préfère attendre mon tour, répète Alexandre dont la tête commence sérieusement à chauffer.

La guichetière hausse les épaules et daigne enfin appeler l'un des deux Camerounais, visiblement anxieux à l'idée de quitter ce purgatoire par la mauvaise porte. Après un examen méfiant et inquisiteur, elle lui renvoie ses papiers par la fente sous l'hygiaphone, arguant qu'il doit présenter une garantie financière de vingt-cinq euros par jour passé en France et qu'il manque soixante-quinze euros. Le deuxième demandeur, un sexagénaire distingué ruisselant dans son costume trois-pièces de monsieur bien comme il faut, est quant à lui immédiatement congédié, malgré son passeport diplomatique. L'agent consulaire a reçu des consignes très strictes de son grand chef : il a été établi qu'un combinard du ministère des Affaires étrangères camerounais vendait à qui mieux mieux des passeports diplomatiques, aussi tout détenteur du sésame en cuir rouge est condamné à refaire une demande muni du passeport ordinaire. Le requérant tempête, menace de saisir le consul. La préposée au rejet des demandes de visa menace à son tour d'appeler le vigile s'il ne débarrasse pas le plancher, puis elle appelle une nouvelle fois Alexandre. Elle le laisse placer une demi-phrase avant de l'interrompre :

— Dites à votre amie de se présenter en personne.

— Je veux lui épargner trois heures de queue sous le soleil, explique Alexandre, étonnament calme, sans doute grâce à une réminiscence du stage d'initiation à la méditation zen qu'il a suivi neuf ans plus tôt au sein d'un ashram de Rishikesh, une ville sainte de l'Himalaya indien.

Dans un grand élan de mansuétude, l'aimable employée ne le renvoie pas et s'enquiert de la situation de Ngazan.

— Elle a une inscription à l'université en France ?

— Non.

— Elle a un contrat de travail qui l'attend en France ?

— Non.

— Ouh ! là, là ! ça me paraît compliqué, fait la blonde guichetière en écarquillant ses paupières prématurément ridées par ses séances quotidiennes de bronzage à la piscine du Hilton. Le seul visa qu'on pourrait éventuellement lui délivrer c'est un visa tourisme, mais comme au vu de ce que vous me déclarez, elle veut justement se rendre en France pour une tout autre raison que des vacances, ça me paraît vraiment compliqué... Ce serait de la complaisance, vous comprenez, et nous ne sommes pas là pour rendre service à nos ressortissants qui s'entichent d'une locale. Nous sommes là pour appliquer les consignes en matière d'immigration, siffle-t-elle avec un sourire doucereux.

Un instant fugace, Alexandre imagine la face de la blonde guichetière exploser en mille morceaux sanguinolents sur la vitre qui les sépare. Mais il reprend ses esprits et lance, comme un défi :

— Et si je l'épouse ?

Le visage de l'aimable fonctionnaire se tord en une moue réprobatrice.

— Vous voulez qu'elle divorce dès qu'elle aura ses papiers ? Enfin, ce ne sont pas mes oignons. En tout cas, il faudra sans doute que vous prouviez que ce n'est pas un mariage blanc.

— Un mariage blanc avec une Noire ? Voilà qui est savoureux, ironise Alexandre, au bord de la crise d'apoplexie. Mais il transcende sa rage, et des méandres de son cerveau bouillonnant jaillit cette phrase limpide qui l'apaise instantanément, parce qu'il est bon parfois de prendre une décision radicale : Je vous remercie, madame, car bien malgré vous, vous venez de faire mon bonheur. Je vais épouser mademoiselle Ngazan Ella Belinga, ici, au Cameroun, et je serai le plus heureux des hommes, avec elle, en France.

8

— Tu ne m'épouseras pas par charité ! aboie Ngazan lorsque Alexandre fait sa demande, une demande certes mâtinée de considérations administratives.

— Ngazan, tes crises d'orgueil c'est comme le hoquet, c'est plus fort que toi ! tempête Alexandre. Bois un verre d'eau, retiens ta respiration, fais comme tu veux mais débrouille-toi pour qu'elles cessent ! Tu crois vraiment que le mariage est un geste humanitaire ? Y a pas marqué Secours populaire, là, que je sache ! hurle-t-il en tapotant rageusement son front.

La demande en mariage tourne à l'engueulade prénuptiale. A dire vrai, c'est ce que cherchait Ngazan. Céder, mais la tête haute. A-t-on déjà vu un seigneur de la forêt devenir serf à Paris ? Au fil de la dispute, une nouvelle exigence a pointé, lourde de dilemmes. Comme Ngazan, fille des seigneurs de la forêt, ne peut décemment pas se marier en catimini à la mairie de Yaoundé IV, Alexandre devra faire sa demande en bonne et due forme, au village, accepter les épousailles rituelles, fournir un bœuf, quatre cochons, huit sacs de riz, douze lampes tempête, vingt cartouches de cigarettes et tout l'inventaire à la Prévert auquel ne manquera pas de ressembler la dot réclamée par sa belle-famille. D'un autre côté, Ngazan n'a quasiment pas mis pied au village depuis la fuite de Mfono Belinga. Les rapports avec son charlatan de père ne sont pas des meilleurs, et elle sait que lorsqu'elle se présentera avec un prétendant, blanc de surcroît, la palabre que les sages convoqueront se muera immédiatement en tribunal tropical.

Seulement, pour ne pas rompre le fil qui la relie à ses ancêtres, elle se doit de suivre la procédure matrimoniale. Lorsque timidement, du bout de ses lèvres ourlées, elle suggère à Alexandre un mariage traditionnel, celui-ci s'enthousiasme :

— Ouah cool, je vais devoir amener des chameaux et tout ? D'ailleurs combien de chameaux tu vaux ? Grande question existentielle, il va falloir que je t'évalue, que je te soupèse ! glousse-t-il en carrant une main sur le postérieur de Ngazan.

— Mouf ! Alexandre, proteste gaiement Ngazan, heureuse de voir qu'il prend cette perspective avec légèreté. Ne fais pas ton Bwana, ton petit Blanc des colonies, tu as vu des chameaux où ici d'abord ?

Alexandre plaisante encore, car il ne prend pas la mesure de l'expédition qui l'attend : destination Bikwoué, cent cinquante kilomètres de Yaoundé, cinq heures de lutte acharnée contre les nids-de-poule d'une piste défoncée, première tâche d'Hercule, les onze autres consistant à amadouer sa future belle-famille.

— Ta 306 ne survivra pas au trajet, avertit Ngazan, catégorique.

Effectivement, la route qui mène à Bikwoué semble avoir été tracée puis oubliée par les organisateurs du Camel Trophy. Bien des vies s'y sont arrêtées, au détour d'un virage mal négocié par un chauffeur soûl, des vies dangereusement et trop faiblement accrochées à la ridelle d'une camionnette bondée. Pour l'armée des fauchés, c'est pourtant le seul moyen de gagner ces contrées perdues dans la forêt, les minibus de transport en commun rechignant à s'aventurer dans ces zones sous-peuplées, peu lucratives et funestes à leur mécanique. La 306 d'Alexandre menace de se désagréger dans chaque crevasse de la méchante piste, et finit par sombrer dans un bourbier.

— Dioumédane ! jure Alexandre, en bon Occitan. Qu'est-ce qu'on fait maintenant ?

— N'est-ce pas on pousse ? s'exclame Bamba en bondissant hors de la voiture, tout excité, persuadé d'être à la poursuite du diamant vert.

Dix minutes plus tard, l'équipée multicolore se retrouve cacadoie-boue et gros-jean comme devant. Surgis de quelque plantation perdue dans la forêt, les aide-pousseurs se sont montrés inefficaces, mais n'en attendent pas moins l'argent de la bière. Le salut ne viendra plus que d'un véhicule assez puissant pour les tracter hors de la fange. Prévoyante, Ngazan a entreposé dans le coffre, outre le kit de survie en milieu forestier composé de lampes torches, de moustiquaires, d'insecticide et de briques de vin de table, la corde indispensable en cas d'embourbement sévère.

Tic tac tic tac, alors que l'espoir de voir surgir un véhicule avant la nuit se consume lentement, une puissante Range Rover freine à leur hauteur. Le propriétaire de la voiture est un ministre originaire d'un village voisin de celui de Ngazan. Sa mansuétude est prodigieuse : les seigneurs retournent souvent dans leur fief mais consentent rarement à stopper leur attelage pour tendre la main aux manants. Ngazan déroule sa généalogie compliquée, qui s'avère recouper celle du ministre ventripotent, lui arrachant des « Donc tu es ma fille ! » enthousiasmés, et ho ! hisse ! dix minutes plus tard, la Range Rover exhume la voiture d'Alexandre du bourbier, et l'aventure équatoriale s'achève par une invitation à venir déguster le mouton qui, probablement angoissé par son destin de futur méchoui, bêle sur le toit de la Range Rover, solidement attaché à la galerie.

Bikwoué, terre promise, apparaît enfin, à la tombée du jour, à l'heure où la piste se peuple de marcheurs courbaturés, de grappes de paysans qui regagnent leur village après une journée de labeur sur d'ingrats lopins de terre enfouis dans la forêt, le dos ployant sous leur hotte remplie de feuilles de manioc, de tubercules et de régimes de bananes. Au bord de la dépression nerveuse, la 306 s'arrête en crachotant devant la case d'Alima, une des tantes de Ngazan. Aussitôt, tous les enfants du village accourent, ricanant et sautillant, et carrent leur regard ahuri dans les yeux d'Alexandre. Spontanément, il tente de prendre dans ses bras un bébé dangereusement arrimé sur le dos d'un grand frère à peine plus âgé que lui, mais le poupon se détourne en hurlant comme s'il avait vu le djoundjou, équivalent local du croquemitaine.

— Il n'a jamais vu de Blanc, tu as dû lui faire peur ! se moque Ngazan.

— Ben dis donc, si je terrorise les gosses c'est mal barré pour la demande en mariage ! renchérit Alexandre.

Tout le village se rassemble autour d'eux, sauf le père de Ngazan, retranché dans ses tourments. Tonton, un jeune cousin qu'on surnomme ainsi parce qu'il porte le même nom que son oncle Etoundi Hermann, est allé saigner un palmier en leur honneur et présente un gobelet de vin de palme à Alexandre. Stoïque malgré l'amertume du breuvage, celui-ci l'avale d'un trait, déclenchant des « Han Hun ! » admiratifs. Après une bonne demi-heure de présentations, Ngazan et

Alexandre se dirigent vers la case d'Etoundi Hermann, et le trouvent installé dans son fauteuil en rotin, les yeux mi-clos, fumant une pipe dans la pénombre.

— Bonsoir, papa, avance timidement Ngazan. Je suis heureuse de voir que la santé est toujours avec toi.

— Tu es comme les hyènes, tu vois la nuit maintenant ? rétorque Etoundi Hermann.

Alexandre décide d'ignorer cette entrée en matière peu amène et avance une main ferme.

— Bonsoir, monsieur Etoundi. Alexandre Carayou. Je suis ravi de faire votre connaissance.

Les paupières d'Etoundi Hermann se déplient au ralenti, ses mains restent longtemps crispées, l'une sur l'accoudoir, l'autre sur la pipe. Enfin, au moment où Ngazan commence à regretter d'être née, l'une d'elles se détend et trois doigts fuyant effleurent ceux d'Alexandre.

— La nuit est le royaume des esprits, pas celui des mots. Nous parlerons demain.

Le lendemain, lorsqu'ils émergèrent d'un sommeil agité, peuplé de cafards et d'insectes grésillants, la palabre les attendait déjà. Une vingtaine de membres de la famille s'étaient rassemblés sous le manguier, formant un cercle curieux et inquisiteur.

Etoundi Hermann prit la parole en premier. Il prononça les mots que Ngazan s'attendait à ce qu'il prononçât :

— Depuis que Mfono Belinga nous a abandonnés pour se perdre en ville, Ngazan n'a pas mis pied au village plus de trois fois, comme si elle nous méprisait. Et maintenant voilà qu'elle revient avec un Blanc, prête à souiller sans vergogne le sang de notre clan, le sang pur des Mvog-Mballa.

Etoundi Hermann marqua une pause. L'assemblée, suspendue à ses lèvres, semblait avoir cessé de respirer. Même les poules n'osaient plus caqueter. Enfin, il posa sur Ngazan un œil plus froissé que celui d'un caïman, et proféra lentement :

— C'est pour mieux me défier que tu es partie chercher un Blanc ?

Conformément à l'usage, Ngazan ne soutint pas son regard, et baissa la tête en signe de respect. Mais sa parole fut plus tranchante que la lame d'une machette vigoureusement aiguisée.

— Premièrement, je ne suis partie chercher personne : nous nous sommes trouvés. Deuxièmement, ne dis pas que j'ai abandonné le village alors que dès que quelqu'un est malade je monte en haut je descends en bas je tourne à gauche je tourne à droite pour trouver de l'argent et lui envoyer des médicaments. Si j'avais abandonné le village, je ne serais pas là aujourd'hui pour vous demander d'accueillir dans notre communauté l'homme que j'ai choisi. Je me serais mariée vite fait bien fait à Yaoundé.

Puis elle expira de soulagement, releva la tête et planta son regard dans les yeux paternels injectés de sang.

— « L'homme que j'ai choisi, l'homme que j'ai choisi », cracha Etoundi Hermann. Depuis quand une fille choisit son mari, sans le consentement des siens ? Voyez-moi cette insolente ! Ngazan, le Blanc t'a tellement fait tourner la tête que tu n'as plus rien de bon dedans. Tu vas dire quoi à tes ancêtres ? Essaie de leur parler un peu, va proférer les mêmes paroles devant la tombe de mon père Ngongo Fouda, là juste devant ma case, cette sépulture que tu négliges d'aller voir depuis que tu as décidé de partir t'étourdir en ville avec ta mère... Tu verras que mon courroux n'est rien à côté de ce qui t'attend !

L'assemblée frémit. Sous ces latitudes où, n'en déplaise aux premiers missionnaires qui s'y sont aventurés au siècle dernier parés de leurs illusions civilisatrices, on va aussi bien chez le sorcier qu'à l'église, une menace venant d'un homme à qui chacun prête des pouvoirs occultes n'augurait rien de bon pour l'avenir de Ngazan. Bravant sa crainte de subir par ricochet l'ire d'Etoundi Hermann envers sa fille, le chef du village intervint :

— Etoundi Hermann, autrefois, il y a bien longtemps, quand ton grand-père n'était pas encore une poussière d'homme dans le ventre de sa mère, nous faisions la guerre à nos voisins Bassas simplement parce qu'ils n'étaient pas Ewondos. Aujourd'hui nous les tolérons à côté de chez nous même s'ils nous cherchent sans cesse des problèmes, et qu'ils sont toujours prêts à nous grignoter un bout de cacaoyère. Nous voici maintenant au troisième millénaire. Nous devons nous habituer aux peuples plus lointains, tu n'entends pas tous les jours sur RFI que la mondialisation est déjà là ? Les hommes qu'on appelle astronautes vont même voir s'il n'y a pas des étrangers sur la Lune, au risque de déranger Dieu dans son ciel ! Et toi tu refuses quelqu'un sous prétexte qu'il n'est pas noir comme toi ? Ecoute d'abord ce que le Blanc de Ngazan a à dire.

Le Blanc de Ngazan sentit l'instant décisif. Il avait saisi toute la valeur des mots, ce terreau qui façonnait ces contrées de tradition orale, cette richesse inestimable d'une Afrique de peu. Pour souligner la solennité du moment, le chef du village avait utilisé un langage châtié, et Alexandre se devait d'en faire autant s'il voulait marquer les esprits. Alors il respira un grand coup, et prit la parole dans un silence que seul venait troubler le ronflement d'un cousin déjà bien imbibé de vin de palme malgré l'heure matinale.

— Je suis venu chez vous pour gagner ma vie, et je serai éternellement reconnaissant envers votre pays pour ce qu'il m'a donné : un toit, une clé vers l'autre, qui me conduit aussi vers moi-même, tant nous sommes semblables au-delà de nos différences, et surtout une femme à aimer. Je suis venu chez vous portant le poids de mes ancêtres, ceux qui ont décidé de coloniser l'Afrique, drapant leur rapacité dans la robe immaculée de la croisade civilisatrice. Quelle civilisation avaient-ils l'outrecuidance de vouloir apporter chez vous, vous qui savez parler aux ancêtres et appliquer leur sagesse ? Quelle leçon avions-nous à vous donner, nous, démocrates du dernier soir, à vous qui pratiquez la démocratie depuis la nuit des temps dans les palabres comme celle que nous tenons en ce moment même ? Avec toute l'humilité que mes ancêtres n'ont pas eue, je viens vous demander la main de celle que j'aime, celle qui m'a ouvert les yeux sur le monde, comme une mère libère le regard d'un nouveau-né en l'arrachant à son cordon ombilical. Je la chérirai d'autant plus qu'elle me donne une nouvelle famille à aimer et à choyer. Je ne connais pas la formule pour faire pousser l'or et la prospérité, mais tout ce que j'ai sera à Ngazan et aux siens, et ce n'est pas cher payé pour toute la sagesse que vous aurez la bonté de me donner.

L'émotion n'a pas de couleur, elle ne se complique pas la vie. Elle se glissa dans le sang de tous ceux qui écoutèrent la parole d'Alexandre.

— Dis donc, le Blanc-là parle bien ! hasarda le cousin aviné que l'éloquence d'Alexandre avait exhumé de sa léthargie.

Un murmure d'approbation gagna l'assemblée. L'oncle le plus âgé de Ngazan leva sa main noueuse, indiquant ainsi qu'il réclamait le silence. Il se tourna vers Etoundi Hermann.

— Ngazan a le droit de choisir l'homme qu'elle soumet à notre approbation. Voilà le seul choix qu'elle ait fait pour l'instant. Elle attend notre consentement pour l'épouser. Alexandre, et je dis bien Alexandre, car le Blanc comme tu l'appelles a un prénom, une identité, et bien d'autres choses qui méritent de le prendre en considération, a bien parlé. J'ai vu comment il a favorablement capté l'attention de tous ceux qui sont réunis ici, tous sauf toi, qui restes accroché à tes principes comme la chouette à sa niche dans le tronc du bubinga. Or ce n'est pas à toi, petit frère, qu'il revient d'approuver cette union, mais à moi, doyen de la famille. Et moi, j'écoute ce que disent les miens, je les entends même s'ils ne parlent pas. Et ce qu'ils disent aujourd'hui, c'est qu'il faut laisser sa chance à Alexandre de nous prouver sa sincérité. Nous vous donnons donc notre fille, à condition que vous la dotiez. J'ai entendu sur RFI que les Blancs se méprenaient sur le sens de la dot. Ils pensent que cela revient à acheter la fille. Ce n'est pas comme ça. Vous nous enlevez une fille robuste, capable de travailler nos plantations et d'accoucher d'enfants solides qui feront de même. Il est juste que nous obtenions une compensation. Mais surtout, sachez que même si nous vous la donnons, elle ne vous appartiendra pas complètement. Mvog-Mballa elle est, Mvog-Mballa elle restera. Et si elle est malheureuse en mariage, elle pourra revenir au village quand elle voudra, un lopin de terre l'attendra, et aucune explication ne lui sera demandée. Et si elle est malheureuse en mariage, nous irons jusque chez vous, par-delà la forêt, le désert et la mer, la chercher et la ramener chez nous. C'est comme ça.

HIIIIIIII ! ANIEBE NGAZAN A YI LUK NTANGAN EEEHHH !... NTUTU MA'MA EHHH [1] !

Les youyous de la délivrance vinrent clore la palabre. Quelques femmes se levèrent, frappant dans leurs mains pour esquisser la danse de la joie devant Ngazan et son futur époux.

Etoundi Hermann s'était crispé de tout son être comme s'il avait soudain vieilli de dix ans sous l'effet d'une potion maléfique. Il se leva, et, avant de quitter la palabre, déclara laconiquement, coupant court aux effusions :

— Vous ne danserez pas sous mes fenêtres le jour du mariage.

1. « Notre belle Ngazan va épouser le Blanc ! Bonheur ! », en langue ewondo.

9

Le pagne que la mariée a choisi pour ses sœurs et cousines est mauve, ourlé de vaguelettes blanches. Elles ont rivalisé d'élégance, leurs couturiers, de dextérité : jupes gansées de volants, savantes découpes, falbalas dévalant du corsage, liserés fins comme de la dentelle de Bruges, broderies délicates, un vrai défilé de mode. Mfono Belinga et les tantes de Ngazan ne sont pas en reste, avec leur pagne chatoyant de mille et une couleurs dans lesquelles s'égaie un oiseau de feu. Deux uniformes, comme le veut la tradition : un pour les sœurs et les cousines de la mariée, un autre pour sa mère et ses tantes.

La fête s'annonce belle. De l'avis de tous, Alexandre a correctement doté Ngazan. Une semaine avant les épousailles, une camionnette remplie de trésors s'est arrêtée à l'orée du village, apparition divine auréolée de poudre de latérite. Le chef du village a dressé l'inventaire, assisté de son fils qui a noté scrupuleusement le contenu du chargement sur un cahier d'écolier ; il s'est ensuite chargé de répartir équitablement les présents entre chaque famille apparentée à Ngazan. Coupons de tissu, lampes à pétrole, torches électriques, marmites de matrones, cartouches de cigarettes, bouteilles de whisky, dames-jeannes de vin, sacs de riz, paquets de sucre, barils de poisson séché, boîtes de sardines, rasoirs Bic jetables, sachets d'aspirine et d'antipaludéens, machettes, fongicides pour les cacaoyères, tronçonneuse pour débroussailler les parcelles à cultiver, c'est Noël avant Noël. Rien de superflu, à l'exception des flacons de parfum *made in Paris* qu'Alexandre a ajoutés pour marquer ses origines exotiques, et qui ont arraché des exclamations reconnaissantes aux coquettes du village. Au-dessus des cartons contenant ces précieuses marchandises trônent, impitoyablement ligotés, dans une symphonie de bêlements, mugissements et caquètements, trois cochons, quatre chevreaux, dix-huit poules et surtout un zébu d'un quintal, de quoi réjouir l'estomac des convives pendant trois jours de suite.

On a également fait venir des matelas de mousse et des draps neufs pour loger le plus confortablement possible les Blancs qui seront de la fête : des amis français d'Alexandre, coopérants à Yaoundé, et son frère, seul membre de sa famille à avoir fait le voyage depuis la France, les autres ayant jugé ce mariage tropical outrageusement précipité, et surtout hautement scandaleux. Quelques semaines plus tôt, Ngazan avait vu Alexandre se décomposer lorsqu'il avait annoncé la nouvelle par téléphone à ses parents. Elle s'était alors retirée dans la chambre, préférant le laisser seul dans ce moment délicat. Elle avait mis un disque des Commodores et avait haussé le volume à fond pour ne pas entendre la dispute qui avait suivi. Lorsqu'il était entré dans la pièce, elle avait lu, plus que de la colère, de l'incompréhension sur son visage. Sans attendre le compte rendu de la conversation, elle avait tenté de le calmer, mais surtout de se rassurer :

— Peut-être qu'ils ont mal réagi parce qu'ils veulent me connaître d'abord.

Alexandre s'était affaissé sur le lit en secouant la tête.

— Jamais je n'ai entendu mes parents proférer la moindre réflexion raciste. Ma mère est bénévole au Secours catholique, elle passe des heures dans leur antenne toulousaine, elle trie des vêtements d'occasion pour les envoyer en Afrique. Et c'est la même personne qui me dit que nous n'avons jamais été une famille à problèmes et que mon mariage avec une Africaine ne pourra qu'en amener !

— Et ton père, qu'est-ce qu'il a dit ?

— Que je devais prendre le temps de réfléchir, comme si j'étais un gamin sans cervelle ! Il m'a parlé des difficultés d'adaptation des Noirs en France, il est allé jusqu'à déterrer cette vieille sortie de Jacques Chirac, il a dit que les odeurs de ta cuisine incommoderaient les voisins !

Ngazan avait tenté de balayer sa tristesse d'une plaisanterie

— Dis-leur de laisser le Président là où il est, il a assez d'affaires à gérer comme ça ! Et puis rassure-les : je sais très bien faire le poulet-frites !

En attendant, elle avait fait un vrai bide.

— Heureusement que tu n'as pas tenté l'école du rire, tu aurais été recalée d'office, avait grommelé Alexandre.

« Voilà la différence entre ceux qui ont la vie facile et ceux qui ont la vie dure, avait songé Ngazan. Ceux qui chaque jour arrachent à l'adversité leur droit à l'existence se sont forgé une carapace. Les autres, malgré leur gros âge — trente et une années bien remplies pour Alexandre —, se désagrègent au moindre pépin. Une objection parentale, et il mouille comme un petit pisseur nocturne. » Ces jérémiades l'avaient profondément agacée. Elle allait épouser un homme sans l'aval de son père. La situation lui déplaisait, mais ne l'accablait pas. Elle ne se recroquevillait pas dans les tourments comme Alexandre en ce moment même. Quel idiot a dit un jour que la femme était le sexe faible ? Mouf ! Incapable d'avoir pour Alexandre des paroles consolatrices, surmontant sa propre humiliation, elle avait lâché assez durement un « tant pis, ils s'habitueront ».

— Facile à dire, avait bougonné Alexandre.

— Au moins la situation est équilibrée. Tes parents comme mon père refusent le mariage, ce qui fait de nous des héros romantiques, toi y en a être Rodrigue, moi y en a être Chimène, allez, ressaisis-toi, Rodrigue est censé avoir du cœur, et d'ailleurs, au téléphone, son père aurait dû l'éprouver sur l'heure !

Peine perdue. Les parents d'Alexandre avaient pris son sens de l'humour en otage.

— Je ne vois pas matière à plaisanter. Le mariage c'est aussi une affaire de famille, et tu es bien placée pour le savoir.

Ngazan avait fini par s'énerver franchement.

— Est-ce que moi je me suis vautrée dans les atermoiements lorsque mon père a fait savoir clairement qu'il s'opposait à notre union ? Tu m'as demandée en mariage, et à partir du moment où j'ai accepté, rien de me fera changer d'avis, et aucun nuage ne passera au-dessus de ma tête ! J'aimerais bien que tu fasses de même. Assume tes choix, défends-les, sois adulte un peu ! asséna-t-elle.

Alexandre avait saisi un oreiller et l'avait jeté par terre rageusement.

— Ne me parle pas comme si j'avais douze ans !

— Justement on dirait que tu as douze ans et que tu dois obéir à papa maman ! Et puis regarde-toi, avec ton coussin ! rétorqua-t-elle avant de déglutir bruyamment pour tenter de ravaler sa phrase malencontreuse. Ngazan, ta bouche-là ne peut pas se tenir tranquille ? Et si maintenant il refuse de t'épouser, après cette bataille pour l'imposer aux tiens, maintenant que toute la famille attend la dot, la fête et la manne que tu ne manqueras pas d'envoyer de France ?

La sonnerie du téléphone avait interrompu leur dispute. C'était Olivier, le frère d'Alexandre. Il venait de recevoir un appel outré de ses parents l'informant du sinistre coup de folie de son frère. Il était ravi. Il était né en mai 68 et ne s'en était jamais remis. Jongleur professionnel, poète occasionnel, intermittent du spectacle, objecteur de conscience, membre de la LCR et de retour d'un séjour holistique à Auroville, la cité utopique du gourou Sri Aurobindo perdue dans le Tamil Nadu indien, il ne pouvait que se féliciter de cette décision qui emmerdait tant ses bourgeois de parents. Il informait Alexandre de son soutien inconditionnel et de son souhait de venir représenter la famille à son mariage. Il dealerait un peu de ganja pour payer son billet. A ce propos la beu camerounaise était terrible, avait-il entendu dire.

— Oui mais ici tu ne fumeras que des cigarettes qui ne font pas rire, avait prévenu Alexandre, j'ai assez de problèmes comme ça.

— Petit frère, relax ! Tranquille ! avait répondu Olivier au bout du fil. Et surtout faites des bébés, le métissage est l'avenir de l'homme, quand tout le monde sera pareil il n'y aura plus de différence ! avait-il poursuivi dans une envolée lyrico-fumeuse. Bon, pour revenir aux considérations pratiques, je n'arriverai pas avant le

20. Le 18 il y a le concert de Manu Chao sur le plateau de Millevaches, José Bové sera là, ça va être chanmé.

Deux jours avant le mariage, Olivier débarque à l'aéroport de Yaoundé-Nsimalen, les dreadlocks blondes insolemment longues, vêtu d'un de ces pantalons à motifs pseudo-ethniques que même Johnny Clegg n'ose plus porter.

— *So this is motherland*, lance-t-il, le sourire béat.

Ngazan, qui a réprimé un rire en le voyant, se demande pourquoi ce Blanc saugrenu a l'impression d'être revenu sur la terre de ses ancêtres. Certes c'est en Afrique il y a fort longtemps que les singes sont devenus des hommes, mais tout de même, ce garçon ne remonte-t-il pas un peu trop loin dans sa généalogie ?

— *And so this is my sister*, ajoute Olivier en la serrant dans ses bras comme s'ils se connaissaient depuis le berceau.

— Un beau-frère bizarre mais affectueux, songe Ngazan, amusée. J'aurai au moins un allié là-bas en France.

Aussi extravagant qu'il fût, Olivier était d'abord un Blanc. Le soir même, il rencontra donc un vif succès auprès des prostituées du Caveau. Peu farouche, il céda vite à l'appel d'une sirène tarifée, et passa sa première nuit camerounaise dans une auberge à sieste, Alexandre lui ayant clairement fait savoir que la promiscuité sexuelle n'était pas en vigueur dans son appartement. Ngazan, elle, remarqua que les théories sur l'immonde exploitation du tiers-monde par les pays riches qu'Olivier avait exposées au cours du dîner s'arrêtaient au-dessus de sa ceinture.

Le lendemain, c'est l'œil cerné et extatique qu'Olivier grimpa dans la voiture d'Alexandre pour l'équipée matrimoniale. Le dieu des pistes improbables étant avec eux ce jour-là, ils arrivèrent sans encombre à Bikwoué dans l'après-midi. Des fumets giboyeux et parfumés s'élevaient déjà des cuisines du village.

— Ouah, je sens que ça va être le banquet d'Astérix demain ! s'exclame Olivier, aussi anachronique qu'à l'ouest.

L'immuable grappe de gamins les entoure déjà, observant d'un œil goguenard les nouveaux venus. Les plus grands pouffent, les plus jeunes rient à gorge déployée en montrant du doigt la chevelure d'Olivier. Une cousine souffle dans l'oreille de Ngazan :

— Ton beau-frère est comment même ? Il porte les cheveux longs comme une fille ! Et collés en plus ! Quelle est cette rare coiffure ?

Mfono Belinga rit aussi de bon cœur. Elle a mis en sourdine sa peur de revenir dans le village qu'elle n'a pas revu depuis des années, depuis qu'elle a fui la folie d'Etoundi Hermann. Ngazan ne quitte pas sa mère d'une semelle pour l'accompagner dans cette épreuve. Elle-même s'y est préparée. Les mariages font toujours ressurgir de vieilles rancœurs familiales et le sien ne va pas échapper à la règle. Elle a décidé d'être heureuse en ce jour qui se doit d'être le plus beau de sa vie, comme dans les romans, et rien ne la détournera de son but. Pas même Etoundi Hermann, qui brille par son absence.

— Il est en brousse, explique un cousin. Il a dit que sa place n'était pas parmi ceux qui allaient danser et se réjouir demain, contre sa volonté. Il a dit qu'il chasserait le gibier et mangerait des écorces, que cela le préserverait du mal qui s'abattrait sur notre famille souillée par cette alliance contre nature avec les Blancs.

Jusqu'au bout Ngazan avait espéré que son père s'inclinerait face à son bonheur. Un voile de tristesse l'enveloppa. Elle le chassa aussitôt. « Pour la première fois de ma vie, je suis une femme libre. Et tant pis si la liberté a un prix, comme chaque chose en ce bas monde. »

C'est donc une femme libre et sublime qui s'avança vers l'autel au bras de son oncle, le lendemain, dans la modeste case en poto-poto qui tenait lieu d'église, et que rien ne différenciait des autres cases du village, n'était-ce les branches de palmier décoratives disposées le long des murs, et cette guirlande de Noël rouge et argent placée au-dessus de l'entrée. Ngazan avait confectionné sa robe de mariée avec ce tissu blanc à plumetis qu'affectionnent les Peules du Nord. La blancheur immaculée de l'étoffe faisait ressortir sa peau chocolatée. Elle était belle comme une princesse touarègue. Lorsque la chorale du village entonna son gospel ewondo, la voix emplie de bonheur, même le prêtre polonais eut la larme à l'œil. Quant à Alexandre, il remuait du nez comme si on l'avait enduit de moutarde forte de Dijon, dans un effort désespéré pour ne pas pleurer d'émotion, ce qui l'aurait instantanément fait passer pour une mauviette auprès de sa belle-famille.

A l'échange des consentements, les youyous s'envolèrent loin au-delà des nuages. Sans doute atteignirent-ils Etoundi Hermann, terré quelque part dans la brousse, dans un vieux tronc d'arbre aménagé par des Pygmées de passage, ermite temporaire, têtu et courroucé.

Ils parcoururent en dansant les trois kilomètres de piste poussiéreuse qui menaient de la chapelle à la case de Mfoumou Denis, l'oncle de Ngazan. Les convives blancs n'en revenaient pas. Les pagnes savamment coupés de la famille de la mariée, les robes en satin *made in China* des fillettes, le son franc des tam-tams et les notes cristallines des balafons avaient escamoté la misère le temps des festivités. Lorsque les mariés arrivèrent devant la case, les femmes de la famille les avaient devancés pour procéder aux cérémonies rituelles. Toujours en dansant, elles remirent à Ngazan tous les cadeaux symboliques qui devaient faire d'elle une épouse accomplie : la houe pour labourer la terre qui nourrirait les siens, le mortier de la brave cuisinière, les œufs de la fertilité, la lampe tempête qui éclairerait le chemin tortueux vers le bonheur conjugal.

Puis l'on mangea, dansa et but jusqu'au vertige, parce que cette fête était peut-être la dernière avant la mort, et que ces instants arrachés à la poix du quotidien étaient bien plus précieux que tout l'or qui poussait dans les banques des Blancs.

Ils passèrent leur lune de miel dans les réserves du Nord-Cameroun. Contrairement à Alexandre, Ngazan n'y avait jamais mis les pieds : depuis quand les pauvres font du tourisme ? Perchés sur la galerie du 4×4, le séant préservé des cahots par de confortables coussins, les deux tourtereaux étaient saisis d'une joie enfantine lorsqu'ils apercevaient un animal par-delà les hautes herbes de la savane. Dik-diks, élans de Derby, rolliers au plumage azur, kobs trapus, hippotragues querelleurs... Toumaï, le pisteur bororo, égrenait un poétique chapelet de créatures divines dont ils entendaient le nom pour la première fois. Un jour, leur véhicule se retrouva piégé dans un bourbier que les pluies avaient transformé en véritable marigot. Le temps de laisser échapper un « *ayoooh*, maman ! », Ngazan vit un crocodile et sa rugueuse carapace se carapater du dessous de la voiture et entamer un sprint qui aurait décontenancé Carl Lewis en personne.

— Gars ! Ici il y a même des crocodiles dans les flaques d'eau ? Alexandre, je te jure je ne pose plus un pied par terre ! glapit-elle.

Le soir dans les campements rustiques, lorsque le groupe électrogène s'éteignait, que la nuit noire et la clameur de la brousse s'abattaient sur le fragile toit en chaume de leur boukarou, elle se blottissait contre Alexandre, et il l'enveloppait de bonheur.

La veille du retour à Yaoundé, prélude au départ pour Paris, Toumaï leur braisa une cuisse d'antilope. Le feu rougeoyait dans la cour du ranch de Ngaoundal. Au loin, on entendait la paisible Bénoué clapoter. Sans doute un hippopotame regagnait-il la berge après avoir passé une journée tapi dans l'eau, à l'abri des rayons du soleil. Jusqu'à ce jour, Toumaï s'était montré taciturne, ne prenant la parole que pour détailler les mœurs des bêtes qu'ils croisaient pendant le safari. Soudain, une lueur vint se superposer à la flamme du brasier qui ondoyait dans ses pupilles, et sa langue se délia :

— Je suis heureux de vous voir si heureux. Vous savez, je suis bororo, et ma femme est haoussa. Depuis la nuit des temps, les villageois détestent les nomades. De son côté comme du mien, les nôtres nous ont maudits. Ne vous laissez pas terrasser par la malveillance de ceux qui ne voient pas plus loin que leur ombre. Tu es blanc, elle est noire, on vous le reprochera sans cesse. Ignorez les vautours, soyez forts et fertiles. Chez nous les peuples du désert, l'eau est ce qu'il y a de plus précieux. Alors je vous souhaite la pluie. Qu'elle vienne à bout de la sécheresse des cœurs, et qu'elle irrigue votre foyer.

— Merci, Toumaï, murmura Alexandre, profondément touché.

— Tes paroles nous guideront, ajouta Ngazan, la main posée sur son cœur en signe de gratitude.

— Han Hun ! approuva une chouette perchée sur un carambolier.

Le dernier orage vespéral de la saison des pluies est déjà loin, mais quelques gouttes suintent encore des feuilles de manguier. Une odeur de latérite mouillée, cette vapeur de vie si chère à Ngazan, monte des entrailles de la terre. Les sauterelles dansent autour du fronton éclairé de la villa de la Princesse, dans un ballet d'adieu à Ngazan. Sa valise chargée dans le coffre du taxi, elle se retourne vers les siens. Entourés des voisins et des curieux du quartier, Pulchérie, Bamba, tante Marthe et Mfono Belinga se tiennent en file indienne, figés par l'émotion.

« Au revoir, Petit Piment, souffle Ngazan en serrant Bamba contre elle.

Elle étreint successivement Pulchérie, tante Marthe, toute la solennelle assemblée, et pour finir, saisit les mains de sa mère, dont les yeux brillent d'un éclat longtemps perdu.

— Ma fille, sois heureuse et ne nous oublie pas, dit simplement Mfono Belinga.

Alexandre se tient un peu à l'écart, ne voulant pas perturber cette ultime communion. Lorsque les prunelles de Mfono Belinga se détachent enfin de celles de sa fille, il s'approche et lui glisse, tout en l'embrassant tendrement :

— N'aie crainte, Maman Belinga, je prendrai soin d'elle.

Mfono Belinga regarda sa vie s'éloigner une nouvelle fois dans le tourbillon de gravillons soulevé par le taxi.

L'aéroport était désert, tout comme la piste. Les porteurs somnolaient sur leurs chariots. C'était mauvais signe.

— Je parie qu'Air Cameroun a encore du retard, maugrée Alexandre. Attends-moi dans le taxi, je vais voir ce qui se passe.

Il descend, parcourt l'aérogare sans parvenir à localiser le moindre employé de la compagnie, et finit par s'adresser à l'hôtesse d'accueil au comptoir informations de l'aéroport.

— Apparemment, il y a des soucis avec le vol pour Paris ?

— L'avion ne vient pas, répond nonchalamment l'hôtesse.

— Comment ça il ne vient pas ?

— L'avion est gâté, lâche l'hôtesse parcimonieusement, laissant planer un insoutenable suspense.

— Comment ça gâté ? Il s'est écrasé ? blêmit Alexandre.

— *Yeuh,* vous aussi vous voulez apporter la malchance sur lui ? s'indigne la jeune fille avant de préciser, enfin : il est en panne à Abidjan. L'oiseau est entré dans le moteur alors qu'il allait décoller.

— Mais alors le vol est reporté à quand ? demande Alexandre, franchement agacé.

L'hôtesse semble enfin s'animer :

— Jusqu'à maintenant on attend les instructions d'Air Cameroun ! L'autre avion est bloqué à Paris parce qu'ils n'ont pas payé le carburant, on va faire comment ?

Paraphrasant un célèbre tube dans lequel il est question de grossesse qui n'arrive pas, un porteur passa en chantonnant : « On attend l'avion, l'avion ne vient pas, IYYEEEEE... »

Ngazan n'avait pas envie d'une deuxième série d'adieux. Elle préféra errer deux jours dans l'hôtel où elle était descendue avec Alexandre en attendant l'hypothétique avion. Lorsqu'elle embarqua enfin dans l'engin trentenaire, et que, dans un vacarme qui la terrorisa, il s'arracha du sol camerounais, une partie de son cœur refusa de s'envoler, préférant se couler à jamais dans le tarmac en fusion de Yaoundé-Nsimalen.

DEUXIÈME PARTIE

France mirage

10

Les lumières de la France scintillent dans l'aube naissante. Dans un fracas métallique, le 747-Combi atterrit au paradis présumé de millions d'Africains.

Quelques passagers applaudissent de soulagement. Le steward ponctue la salve d'un : « Mesdames et messieurs nous sommes arrivés à Paris, aéroport Charles-de-Gaulle, il est six heures et dix minutes heure locale et la température est de dix degrés. Air Cameroun vous remercie d'avoir choisi ses lignes et espère vous revoir prochainement à bord de ses appareils. » L'annonce déclenche une tempête de moqueries.

— Mouf ! Vois-moi ce domestique du ciel, qu'il dise plutôt « Air Peut-être » vous a transportés comme un troupeau de zébus et se fout de vous revoir à bord de ses brouettes volantes, ironise un passager.

— Quels « ses appareils » ? Il n'y a même qu'un avion qui marche, les autres sont gâtés, renchérit un deuxième.

— Je vous jure, la prochaine fois je préfère venir en pirogue plutôt que donner mon argent à ces escrocs ailés, ajoute un troisième.

Ngazan sourit. Les Camerounais de France n'ont pas perdu leur esprit railleur. Elle découvrira bientôt que c'est leur meilleure protection contre les humiliations récurrentes qu'ils subissent au pays des Lumières. Et qui commencent dès la sortie de l'avion : un cordon de policiers est posté sur la passerelle pour un premier contrôle des passeports.

— Ils ont mis en place ce système il y a quelques années, parce que arrivés dans l'aérogare, les passagers qui avaient des faux papiers les déchiraient et les faisaient disparaître dans les toilettes. Résultat, ils venaient de nulle part, et on ne savait pas dans quel avion les remettre, explique Alexandre.

Ngazan trouve cette première bouchée de France bien amère. Elle déteste cette sensation d'avoir la mauvaise couleur de peau, celle des indésirables. Cette obligation d'attendre qu'un homme décide de son sort, parquée comme une génisse sur cette passerelle, dans le froid, un froid qui malgré la veste d'occasion en velours milleraies achetée au marché central de Yaoundé lui glace le cœur. Dans un sursaut d'orgueil bantou, elle décide de ne pas s'abaisser à saluer ce policier qui la méprise d'emblée, elle et les autres passagers basanés. De toute façon, l'homme en uniforme n'a pas la moindre intention d'émettre un bonjour. Il se borne à réclamer son passeport et le scrute scrupuleusement. A ses côtés, son collègue a déjà bloqué quelques passagers douteux. La tension est palpable. Après avoir passé le contrôle, une métisse qui a la chance d'avoir un passeport français fulmine : « Bienvenue en France ! Quand je vois ça, j'ai honte d'être française ! » Le policier qui tient toujours en main le passeport de Ngazan interrompt sa radioscopie pour répliquer sans aucune gêne : « Ben si vous z' êtes pas contente z' avez qu'à rendre votre passeport ma petite dame ! » La moitié camerounaise de la métisse reprend définitivement le dessus. Elle se retourne, lui jette à la face un regard plein de morgue, rassemble ses lèvres en une moue méprisante et siffle : « Ma petite dame, tu es qui d'abord pour m'appeler ma petite dame, tu es qui pour te permettre ces familiarités avec moi ? Tu étais où quand on vendait la politesse ? Va arrêter les terroristes d'Al-Qaïda au lieu d'enquiquiner mes frères ! Mouf ! il croit même qu'il peut me faire peur... » Et elle poursuit son chemin d'un pas décidé, sous les applaudissements des passagers qui ont des papiers en règle. Les autres se tiennent à carreau, craignant trop les représailles pour se joindre à cette bravade antimaréchaussée.

Leurs bagages empilés sur deux chariots, Alexandre et Ngazan se dirigent vers la sortie.

Les portes vitrées s'ouvrent, vomissant dans l'aérogare une bourrasque glaciale. Ngazan est autant saisie par le froid que par la sensation qui l'a troublée lorsqu'elle a quitté l'avion, et dont elle vient de trouver l'origine : la France n'a pas d'odeur. Ngazan n'en croit pas ses narines. Est-ce la température polaire qui paralyse ses sens ? En s'y reprenant à deux fois, en tentant une nouvelle inspiration, en convoquant toutes ses terminaisons nerveuses, Ngazan finit par en identifier une, radicalement éloignée de la fragrance africaine, capiteuse, organique, enveloppante, épicée, nourrie d'un terreau de fruits et de fleurs, d'un humus de vie en devenir ou en déliquescence plus ou moins avancée. Oui, c'est bien cela : la France sent l'acier. Froid et tranchant. Comme la mort. Ngazan a envie de pleurer.

La voiture s'engage sur une autoroute, plus étroite que dans les films américains, mais bien plus large que la principale avenue de Yaoundé, le boulevard Yobi Sam menant au palais présidentiel. Tout est gris. Le bitume, les bâtiments qui surgissent comme des pierres tombales géantes dans l'aube naissante, le jour qui déploie toutes ses forces pour parvenir à se lever. Le soleil semble être resté de l'autre côté du globe, à l'aéroport de Yaoundé, interdit de séjour dans cette contrée blafarde ; là-bas, il éclaire sans doute déjà la forêt de Bikwoué de ses premiers rayons mordorés. On dirait que Paris grelotte sous le couvercle d'une glacière géante. C'est donc ça la Ville lumière ? Ngazan se souvient du père de la Princesse lorsqu'il racontait son arrivée en France, cinquante ans auparavant. Elève brillant, il avait été envoyé par les colons parfaire son instruction à Agen. Lorsque son bateau s'était engagé, par une nuit sombre, dans l'estuaire de la Gironde, après un long voyage houleux dans le désert océanique, un mousse lui avait lancé : « Tu vois, petit ? Ça y est, on est en France. » Le père de la Princesse ne l'avait pas cru : à l'école de Bipindi, on lui avait dit qu'en France, il y avait l'électricité partout. Or il ne distinguait aucune lueur au-delà du bastingage. Le mousse lui mentait, ou bien le mal de mer avait rongé son cerveau. Ce n'est qu'en apercevant les luminescences de Bordeaux par-delà la brume qu'il eut la certitude d'être arrivé. Et son cœur se gonfla de satisfaction : « Han-Hun ! Voilà, ça c'est la France ! »

Un demi-siècle plus tard, Ngazan a le cœur serré. Elle se sent plus perdue que le père de la Princesse. Pourtant elle n'est pas seule, larguée comme lui à quinze ans à peine dans un pays qu'il ne connaissait qu'à travers les manuels scolaires et les récits magnifiés des missionnaires blancs. Mais elle n'a pas sa naïveté. Enfant, elle n'a pas seriné « nos ancêtres les Gaulois » avec l'œil fier de celui qui sait. Plus tard, elle a opté pour « nos oppresseurs les Gaulois » au fil des émissions qu'elle suivait sur RFI ou sur TV5. Elle n'a pas oublié qu'il y a quelques années, on a jeté un Arabe dans la Seine juste parce qu'il était arabe. Il s'appelait Brahim. Elle a aussi lu ce livre honni des potentats africains qu'on se refile sous le manteau au Cameroun, *Françafrique, le plus long scandale de la République*, de François-Xavier Verschave. Il démontre ce que l'homme de la rue dit tous les jours : que les dictateurs africains ne sont que les pantins des Français. Que les meilleurs, ceux qui voulaient sortir l'Afrique de l'ornière, ont été méticuleusement éliminés avec la bénédiction des états-majors tricolores. Elle aurait pu dresser ainsi un réquisitoire sans fin contre sa patrie par alliance qui continue à faire la loi en Afrique. Ensuite, elle a pris ses distances par rapport à cette théorie infantilisante qui empêche les Africains d'assumer leurs responsabilités. Et puis, il y a Rousseau et Boileau, Flaubert et Prévert, La Fontaine et Verlaine, ses lumières à elle, les seules capables d'affermir sa rage bantoue : oui, elle l'affirme, ses meilleurs amis sont français.

Olivier n'est pas venu les chercher à l'aéroport. Quitter les limbes du sommeil avant onze heures du matin lui est inconcevable. La veille, il a entrepris d'aérer le deux-pièces d'Alexandre resté inoccupé de longs mois. C'est son effort de la semaine. Il a dormi sur place, et c'est donc un zombie aux yeux morveux qui les accueille, extirpé d'un coma brumeux par quatorze coups de sonnette appuyés.

— *Welcome in France*, sista ! lance-t-il, le sourire béat et la voix pâteuse.

Ngazan se demande pourquoi Olivier s'exprime continuellement en anglais, lui qui ne manque pas une occasion de pourfendre l'oncle Sam, son messianisme déplacé et ses innombrables filets de sang sur les mains, celui des Indiens d'Amérique, celui des Irakiens, celui des Vietnamiens, celui des Nicaraguayens, sans oublier celui des Africains qui se meurent du sida parce que les laboratoires pharmaceutiques américains conservent jalousement les brevets qui permettraient de fabriquer des antirétroviraux bon marché. Etonnant paradoxe, que ce sempiternel verbiage en anglais. Sans doute la langue de George Bush fait plus cool, relax man, citoyen du monde, *peace and love, yo.*

Le lendemain, Ngazan téléphone à la Princesse, sa seule connaissance parisienne, son phare dans cet vie inconnue.

— Ngazan, quelle surprise, tu appelles d'où ?

Au bout du fil, la voix est pétillante et gaie. La Princesse est heureuse d'entendre son amie qu'elle n'a pas vue depuis ses dernières vacances au pays, il y a quatre ans. Quatre années sans pause-bled, à tenter de se fabriquer une existence pailletée à Paris.

— De Paris, je suis arrivée hier avec mon mari, nous nous installons ici.

— Waouh ton mari ! Félicitations ! Papa m'a dit que tu avais épousé un Français mais il n'est pas entré dans les détails, tu vas tout me raconter très vite. Oh ! Ngazan, je suis heureuse pour toi. On va élaborer une stratégie ensemble, tu n'es pas venue ici pour chômer, on va voir comment tu peux saisir ta chance. En attendant, par miracle, serais-tu libre après-demain, mercredi ? demande-t-elle en appuyant sur le « par miracle », comme si l'agenda de Ngazan, fraîchement débarquée du Cameroun sans connaître quiconque en France, était aussi rempli que le sien.

— Moi oui, mais je dois demander à Alexandre.

— Bien sûr j'ai hâte de rencontrer ton Alexandre, mais mercredi c'est soirée entre filles : je t'emmène découvrir la vraie vie parisienne. Défilé haute couture Valmont, puis fête pour le lancement d'une revue littéraire. Tu écris toujours ? Oui ? Tu verras, ça va te plaire et tu te feras peut-être des contacts. Je passe te prendre où ? Rue de la Goutte-d'Or ? A Barbès ? Dis donc, tu as épousé un fauché ou quoi ?

Ngazan ne voit aucun rapport entre son adresse et le portefeuille de son mari, mais elle est légèrement froissée par cette dernière question.

— Pourquoi tu dis ça ?

— C'est un peu craignos comme quartier. Allez, c'est pas grave, dans six mois tu déménages !

11

20 h 10 pétantes. Ngazan, pimpante, s'engouffre dans le carrosse de la Princesse des temps modernes : un taxi G7. Premier choc de la soirée : la Princesse, autrefois joliment joufflue de partout, est aujourd'hui moins épaisse qu'un spaghetti.

— Ah ! Ngazan, je suis si heureuse ! Dis-moi, quand on était ados, parmi les livres que je t'avais offerts, il y avait *Le Père Goriot* ?

— Bien sûr, répond laconiquement Ngazan, honteuse à l'idée de révéler que Balzac l'a endormie plus puissamment que les discours à la Nation du président Yobi Sam.

— Tu te souviens de Rastignac ? Le jeune ambitieux qui monte à la capitale ? *A nous deux Paris* ? Eh bien Rastignac, c'est toi aujourd'hui ! Mon Dieu, Ngazan, tu es plus belle que jamais !

Ses yeux anormalement brillants s'assombrissent lorsqu'elle découvre la veste élimée de Ngazan.

— En revanche question style, franchement bof bof, il va falloir que je t'emmène faire du shopping. Ici à Paris, l'habit fait le moine et surtout le succès. Tu es très belle, mais si tu ne te fringues pas un peu plus mode, tu vas passer pour une réfugiée du Darfour. Si les gens ont pitié de toi, ils vont te fuir. » Elle extirpe un poudrier compact de son cabas Vuitton et se tamponne fébrilement le visage. « Oui je sais, ce n'est pas très logique, mais on est à Paris.

Ngazan est étourdie par le flot de paroles qui s'échappe des lèvres dopées au gloss de la Princesse. Un manuel de bonne conduite décortiqué de A comme Apparence à Z comme Zénobie.

— N'oublie pas, tu es Zénobie la mystérieuse souveraine de Palmyre, la reine de Saba, Hatshepsout la pharaonne, impériale, toujours ! Tu dois étonner, sans cesse laisser planer le mystère. Surtout, ne dis jamais que tu viens des ghettos de Yaoundé. Quand tu auras du succès, tu pourras toujours faire cette révélation, ça ancrera ta légende. D'ici là, reste évasive. Une belle mystérieuse, ça excite l'imagination ! Et pas que l'imagination, pour les hommes ! ! ! glousse la Princesse.

Abasourdie par cette frénésie, Ngazan se demande si son amie a fumé du piment ou une autre mixture dangereusement excitante. Au Cameroun, on aurait déjà soupçonné une voisine envieuse ou un amoureux éconduit de l'avoir « attachée », de lui avoir jeté un sort, un de ceux qui tourmentent l'âme de la victime, qui leur ôtent le répit à jamais. Elle aura bien le temps d'élucider le mystère de cette métamorphose. Pour l'instant, elle ouvre grands les yeux, décidée à jouir de cette première nuit parisienne, ces heures folles dont elle lisait le compte rendu dans les *Voici* qui traînaient chez sa coiffeuse, « Fallon Carrington boucle d'ébène, sise à Essos-Nord », ces *Voici* gras et fripés d'avoir été trop lus.

— Pédé, fiotte de merde, t'as sucé l'examinateur pour avoir ton permis ou quoi ?

Tout en défiant les taximans camerounais dans un concours virtuel de jurons, le chauffeur parvient à s'extraire des embouteillages et les dépose devant un hangar semblable à un entrepôt de Cimencam, « le meilleur ciment du Cameroun, 100 % solide, pour les maisons qui ne s'écroulent pas à la première pluie ».

— How, ne me dis pas que le défilé haute couture dont tu me parles est ici ? s'étonne Ngazan.

— Je te l'accorde, il y a comme un décalage, répond la Princesse en scrutant d'un air inquiet le sol boueux pendant que le chauffeur cherche de la monnaie. Mais tu sais, le principal problème du Parisien branché c'est qu'il a tout vu tout fait et que par conséquent il se fout de tout. Pour lui éviter de sombrer dans l'ennui, cette antichambre de la dépression, il faut sans cesse le surprendre. Un défilé de mode dans un hôtel particulier lambrissé rue du Faubourg-Saint-Honoré ? Mon Dieu, c'est d'un banal ! Autant rester chez soi et regarder Fashion TV ! Alors il faut trouver le lieu insolite, les mannequins au physique le plus cubiste, créer des vêtements que personne n'osera porter, et tout le monde criera au génie. Pfff, au fond, crois-moi, l'anti-conformisme est le conformisme des temps modernes..., conclut la Princesse en dodelinant de la tête, saisie d'un vertige métaphysique. Diogène dans son tonneau n'aurait pas pris meilleure pose.

Il a plu. Le hangar illuminé évoque un vaisseau spatial échoué sur un terrain vague après avoir raté son atterrissage. Il est cerné d'imposants flambeaux autour desquels tournoient des grappes humaines, telles des nuées de sauterelles aimantées par les lampadaires à la saison des pluies. La Princesse agrippe la main de Ngazan et plonge d'un pas décidé dans la foule.

— Tous ces tchotchoros n'ont pas d'invitation. Est-ce qu'on a leur temps ? ricane-t-elle, bousculant les badauds sans vergogne et utilisant pour la première fois une expression typiquement camerounaise, au grand soulagement de Ngazan qui commençait à croire que la Princesse avait sabordé tout son héritage en posant le pied au pays des Blancs.

L'accès au hangar des miracles est sévèrement gardé par deux armoires ébène qu'il vaut mieux ne pas contrarier. Ignorant les insultes qui pleuvent sur elle, la Princesse-coupe-file fend la foule, tend son invitation aux vigiles et entraîne Ngazan du bon côté du monde.

La bagarre n'est pas finie. A l'intérieur, autour du podium, sous une charpente métallique constellée de spots rouges, les heureux privilégiés s'agitent et vocifèrent plus fort que les vendeuses de bananes du marché Mokolo.

— Il y a toujours plus de monde que de sièges, explique la Princesse. Pour ceux qui n'ont pas la chance d'avoir une place nominative, c'est la baston pour se positionner. Pour ceux qui en ont une, le cauchemar n'est pas terminé : s'ils ont été rétrogradés de la première à la deuxième rangée de sièges, ils n'ont plus qu'à aller se noyer dans les chiottes : ça veut dire que la maison de couture les juge moins influents qu'avant.

Son regard scanne la salle à 360 degrés, puis elle se faufile parmi les invités et reprend son exposé :

— Qui sont les personnes d'influence ? Les millionnaires américaines ou saoudiennes ; les acheteuses des grands magasins new-yorkais ; les rédactrices en chef des plus grands magazines de mode ; tu vois, là-bas, cette créature hybride, moitié caniche décoloré moitié momie égyptienne ? C'en est une ; et les vedettes bien sûr, que les photographes vont mitrailler, dont les journaux vont s'arracher les clichés, et ce sera tout bénef pour la maison de couture. Vite, assieds-toi là, intime la princesse tout en arrachant subrepticement les noms apposés sur les deux sièges de son choix, au deuxième rang, à l'extrémité du podium.

Ces savantes explications ramènent Ngazan quelques jours en arrière, lorsque, survolant du regard les hautes herbes de la réserve de Waza, Toumaï, l'ange gardien, le bienveillant guide de leur lune de miel, expliquait avec moult détails les mœurs et caractéristiques du buffle équinoxial.

— Ah ah, ça sent la star ! s'exclame soudain la Princesse aux aguets.

De la star, Ngazan ne voit d'abord que la meute qui l'entoure : ours menaçants, pies piaillantes, paons empressés, paparazzis et leurs flashes crépitant telles des lucioles métalliques. Lorsque l'invitée de marque pose enfin son séant à la place d'honneur, elle découvre son visage. Il s'agit d'Heather Boyard, riche héritière d'une compagnie pétrolière texane. Malgré son excitation, Ngazan esquisse un sourire goguenard. La silhouette d'Heather Boyard lui est familière. Elle l'a vue à la télé sur Canal Horizons dans une drôle d'émission qui consiste à parachuter des nantis chez des villageois du fin fond des Etats-Unis. Elle a surtout remarqué qu'elle porte fréquemment des joggings taille basse roses et mous. Or, comme sa fesse est inversement proportionnelle à sa richesse, son jogging menace de finir sur ses chevilles à chaque pas : le suspense est insoutenable ! La mini-millionnaire semble avoir un périmètre mental aussi désolant que sa circonférence fessière, et c'est sans doute cela qui explique son succès : elle est l'incarnation des bégaiements du vingt et unième siècle, l'âge de l'argent du séant et du néant. Une ère poétique, en somme.

— Bon, tous les VIP sont là, le défilé peut commencer, chuchote gaiement la Princesse.

— Les VIP, tu veux dire les vipères? demande Ngazan, persuadée que son amie fait allusion aux dames sèches et renfrognées des premiers rangs.

La Princesse pouffe.

— Ngazan, n'est-ce pas *Voici* arrive au Cameroun? VIP ça veut dire *Very Important Person*, écoute, à moi tu peux poser ce genre de questions idiotes mais à un inconnu en soirée, si tu ne sais pas, tu fais semblant de savoir!

Les spots se font plus agressifs, balayant la salle de leurs faisceaux inquisiteurs. Bientôt une sirène de police retentit, suivie de l'insupportable vrille d'un marteau-piqueur, du vrombissement d'un supersonique au décollage, d'un larsen, du cri d'un cochon en passe d'être égorgé, l'assemblée déjà extatique se bouche les oreilles, et le défilé commence dans un déluge de batteries à faire vomir le groupe de hard-rock le plus trash.

— Putain, Metallica et Jethro Tull n'ont plus qu'à aller chanter des berceuses! Demain dans la presse on retiendra au moins l'illustration sonore du défilé ! hurle la Princesse, ses délicates cordes vocales à deux doigts de péter.

Assommée par les décibels, Ngazan tente de penser : « C'est sans doute cela, l'art contemporain », se dit-elle, perplexe, en découvrant les créations du styliste, une cascade de dentelle et d'aluminium qui enserre des marquises extraterrestres. Les belles droïdes se pavanent, la perruque poudrée, le teint blafard, leurs lèvres dégoulinant de rouge, comme des vampires au soir d'un festin. Ce ballet irréel lui rappelle un texte de Pascal qui l'a beaucoup marquée : surtout, se divertir, s'étourdir dans la fête, le futile et le clinquant, annihiler par ce furieux tsunami sonore la conscience d'être mortel, l'éprouvante certitude que tout finira un jour, que même ces filles sublimes dont chaque pas vaut des milliers d'euros finiront aspirées dans l'éternel infini, bouffées par les vers de terre.

Le final du défilé interrompt ses divagations métaphysiques. Le styliste fait son apparition sur le podium dans un costume en satin rouge d'où émerge un jabot blanc. Un bandeau de pirate dissimule son œil droit. Il défile à son tour, sous une pluie de bravos contredits par quelques sifflets, entouré de ses mannequins qui le dévorent de baisers, repeignant de rouge baveux son visage déjà écarlate.

La Princesse applaudit vigoureusement puis fronce le nez de dégoût :

— C'est toujours aussi à chier ce qu'il fait.

— Pourquoi tu assistes au défilé alors ? s'étonne Ngazan.

— Tu sais qu'il y a des gens qui sont prêts à découper à la hache les invités au défilé de Don Schmoll pour piquer leur carton ? Nous faisons partie du peuple élu ce soir. Je fais de la télé, être parmi des gens importants fait de moi une personne importante, et augmente ma cote sur le marché.

— Quel marché ? Wall Street ?

La Princesse lui jette un regard consterné.

— Le marché de la télé pardi ! C'est bon pour mon image d'être là. Et c'est mauvais pour la tienne de poser des questions de broussarde ! Viens vite ! ajoute-t-elle. Il faut qu'on aille backstage. Je connais un peu Don Schmoll, j'ai défilé pour lui à ses débuts, lorsqu'il n'avait que sa propre griffe, d'ailleurs ses fringues étaient encore plus immondes. Je dois absolument l'approcher et me faire prendre en photo avec lui.

La Princesse arbore son air princier pour tromper la vigilance du cerbère posté à l'entrée des loges, bousculant au passage plusieurs invités qui tentent comme elle de pénétrer dans le saint des saints.

— Premier commandement : tu marcheras sur les autres avant qu'ils ne marchent sur toi, glisse-t-elle à Ngazan une fois dans l'antre divine.

Indifférent au pépiement des mannequins à demi nues s'extirpant de leurs tenues tarabiscotées, aux commentaires graveleux des photographes émoustillés et aux cris de putois des assistants encore fébriles, Dieu donne une interview à un journaliste télé. Dès que le caméraman coupe son engin, la Princesse bondit comme une panthère sur l'illustre styliste.

— Don, mon cher Don, *Good Lords*, encore une fois tu nous as tous éblouis ! ! !

— Suzanne, *dear*, quel plaisir de te revoir ! répond Don Schmoll dans un grand sourire qui dévoile son incisive incrustée d'un diamant.

Franchement, Ngazan n'y comprend plus rien. On est au théâtre ce soir ou quoi ? La Princesse ne s'appelle pas Suzanne. La star du dé à coudre a dû abuser de substances qui ont transformé son cerveau en gruyère. Don Schmoll ne peut quand même pas avoir oublié sa grande amie. En tout cas, il tue la conversation dans l'œuf.

— Chérie, on se voit demain, au dîner que je donne à l'Apothéose !

Ngazan flaire le mensonge éhonté dans la réponse de la Princesse.

— Don, les gens n'ont vraiment aucun scrupule, tu te rends compte qu'on m'a piqué l'invitation au bureau ? Nominative en plus ! Comme si l'odieux voleur allait se présenter sous mon nom !

— Vois avec John, mon assistant principal, il te mettra sur la liste. A demain Suzanne *darling* ! reprend Don Schmoll en se dégageant avec panache de la charmante sangsue.

La Princesse n'a pas eu sa photo mais qu'importe, elle a décroché le pompon :

— Chic ! J'ai gagné ma place pour le dîner ultraprivé de demain, je ne sais absolument pas à quoi ressemble ce John, mais je vais le trouver.

Vingt minutes plus tard, sa mission accomplie, elle entreprend de squatter une voiture pour quitter cette contrée hostile, située au-delà du périphérique, et donc boudée par les taxis.

— Deuxième commandement : une minijupe tu porteras, un sourire tu arboreras, et tout te réussira, chuchote-t-elle à Ngazan en s'avançant vers la Porsche Cayenne d'un ponte de la maison Valmont.

Emu par les jambes interminables de la Princesse, l'aimable chauffeur propose d'aller boire un verre au bar du Plaza. La Princesse prétexte une migraine horrible, et l'implore de les déposer chez elle. Soit, par un heureux hasard non fortuit, à cinquante mètres du club où se déroule le lancement de la revue littéraire.

!!!!!!PINK STRING!!!!!

L'enseigne rose dévergonde les respectables façades en pierre de taille. Une fois encore, la Princesse brandit son laissez-passer, toisant avec mépris les manants sans carton. Elle entraîne Ngazan dans un escalier sombre, sobrement strié d'un rai de lumière rouge à mi-hauteur du mur. En bas, Ngazan se fige de stupéfaction. Pestouille de Zambèze, une femme nue, perchée sur un podium au milieu de la foule des fêtards, s'enroule lascivement autour d'un pilier en acier chromé !

— Mami, où même tu m'emmènes ?

— Oh, Ngazan, ne fais pas ta carmélite, le lancement d'une revue littéraire érotique dans un club de strip-tease, c'est raccord, non ? Et puis ici ce n'est pas un bouge, un repaire de coyotes, ici on s'encanaille entre gens bien !

Ngazan est sidérée. A Yaoundé, il y avait bien, non loin de l'ambassade des Etats-Unis, en face de la clinique dentaire des adventistes du septième jour, un café moite où s'effeuillaient des bordelles shootées au hâ, Le moulin rose. Les policiers fermaient les yeux parce que le propriétaire des lieux multipliait leur salaire par deux. Même si on l'avait payée, jamais Ngazan n'aurait mis le pied dans ce lieu de perdition, cette injure de plus faite aux femmes, obligées de s'exposer à la concupiscence masculine. Malgré son vernis chic et branché, ses allures de boudoir de luxe et ses stripteaseuses pulpeuses comme les pin-up des magazines, le Pink String lui inspire le même dégoût.

— Je ne suis pas très à l'aise, je veux partir je n'ai pas très envie de voir ça, balbutie-t-elle.

— Voir quoi ? Ces femmes en position dégradante, comme le pensent les braves judéo-chrétiens ? C'est exactement l'inverse. Crois-moi, ici, les femmes ont le pouvoir. Ces stripteaseuses, mènent les hommes à la braguette. Tu vas voir, elles les chauffent, elles n'hésitent pas à descendre du podium pour leur coller leurs courbes sous le nez, mais ils n'ont pas le droit de toucher, ce sont de véritables suppliciés, ils bandent comme des ânes, leur sexe souffre, étouffe, congestionné dans leur pantalon, ils ont mal et c'est bien fait pour leur queue, allons prendre une coupe de champagne !

Ngazan finit par se résigner. Pire, le spectacle de ces danseuses en tenue d'Eve la fascine, même si elle n'ose l'admettre. Elles plastronnent, l'œil arrogant, le sourire gourmand, la poitrine ostensiblement redimensionnée. Ngazan ne comprend pas qu'on puisse se faire découper les seins pour les remplir de plastique ou de poches remplies d'un rare liquide ou quoi encore. Et si ces mamelles en kit explosaient ? Là tout de suite, une éruption volcanico-mammaire, une éjaculation faciale pour tous les spectateurs ?

— Avouez, ça vous excite..., lui susurre une voix de crécelle.

— Est-ce qu'on a été nourris au même sein pour que vous soyez aussi familier avec moi ?

Sa réplique a jailli par inadvertance.

— Non mais j'aurais bien aimé ! J'adore les plans à trois !

Ngazan ne comprend pas cette allusion géométrique, décide de bouder le malotru et détourne la tête non sans avoir émis ce son méprisant typiquement africain, ce « mptsiuuuu » sifflant s'échappant d'une bouche désapprobatrice tel le pet concentré d'un constipé.

Mais l'inconnu est tenace :

— Rebelle, la demoiselle ! Au risque de faire du zèle, belle donzelle, puis-je vous offrir une ribambelle de bulles et poursuivre ce badinage malgré les décibels et les haridelles se déhanchant sur la passerelle telles des nymphes offertes à la bagatelle ?

Amusée par ce poète des boîtes à strip-tease, Ngazan finit par accepter.

— D'accord, monsieur le ménestrel, à condition que vous arrêtiez de déverser dans mon oreille des rimes à la pelle.

La Princesse la frôle à la vitesse d'une étoile filante, juste le temps de lui souffler :

— Surtout ne fais pas ta Cosette, tu écris des livres, non ? Donc tu es écrivain ! Pas une immigrée camerounaise fraîchement débarquée à Paris, l'odeur du manioc encore collée à ses frusques !

Son ton est inquiet et impérieux, comme si la vie de Ngazan dépendait de cette future conversation avec l'inconnu baladin, son débit plus rapide que celui d'un commentateur de football de Radio Cameroun lorsque l'attaquant des Lions, dribblant tous ses adversaires, s'élance seul vers la cage aux buts, maître de l'univers et du tir qui qualifiera son équipe pour la coupe du monde. Ngazan reconnaît de moins en moins son amie, la compagne des promenades nonchalantes du crépuscule, dans les ruelles du quartier envahies par les écoliers bruyants, les vendeuses de maïs grillé et les jeunes talents en mission drague, la fille tranquille et lunaire capable, les samedis soir sans boum, de passer la moitié de la nuit sur sa terrasse à écouter en sourdine Diana Ross, les Delfonics, Anita Baker, et toutes les légendes de la soul en contemplant les étoiles. Si on avait été au vingt-huitième siècle, Ngazan aurait cru qu'on avait remplacé sa Princesse par un hologramme détraqué, un RGV, un Robot à Grande Vitesse. Mais on est en 2004, et Ngazan est désemparée.

Chassant momentanément ses interrogations, elle profite de son long périple vers le bar pour détailler son chevalier servant. « Il est géant ! » aurait-on commenté au Cameroun. C'est vrai. L'individu frôle la taille NBA, mais la comparaison s'arrête là. Il est aussi blanc que du foufou d'igname, fin comme un miondo, à l'exception des fesses qui brisent cette ligne sèche et forment une protubérance anormale et disproportionnée, comme l'estomac d'un boa qui aurait avalé une proie trop grosse. La sueur plaque ses cheveux mi-longs dans son cou télescopique, à moins qu'ils ne soient gras. Une mèche lui tombe perpétuellement sur le front. Levant ses yeux ronds vers le ciel, il la dégage avec la régularité d'un métronome : le jeune Werther en pleine crise de romantisme. Romantique mon cul ! Avec son pantalon gris, sa chemise rouge et son cou démesuré, on dirait plutôt une autruche chevelue. En temps normal, Ngazan éconduirait promptement l'individu simplement parce qu'il a le tort d'être un homme. Mais ce soir, c'est différent : elle est en mission ethnologique dans la jungle parisienne. Elle est Stanley Livingstone ou Mungo Park, explorateurs paludéens d'une Afrique immense et hostile, un siècle et demi plus tôt.

— Comment vous appelez-vous ? fait l'inconnu lorsque au prix d'immenses efforts, ils parviennent enfin à s'accouder au bar bondé.

— Ngazan Ella Belinga, et vous ?

Du haut de son mètre-quatre-vingt-dix et de son cou de girafe, l'inconnu paraît désarçonné.

— Heu... Antoine...

Il s'interrompt, plisse ses yeux globuleux, son visage pâle se marbre légèrement de rosé, il fronce les sourcils et finit par lâcher :

— Vous me charriez ou vous ne voyez vraiment pas qui je suis ?

Ngazan frémit. L'étrange individu est sans doute une célébrité, un VIP, comme dit la Princesse. Décontenancée à son tour, elle se remémore *Les Aventures de Rabbi Jacob*, ce film désopilant vu quatre fois sur TV5, et cette scène où, pour éviter d'être démasqué, Louis de Funès répond à toute question par une autre question.

— Vous non plus vous ne voyez pas qui je suis ?

— Oh ! là, là ! je devrais lire *Voici* plus souvent, blêmit l'arroseur arrosé

Avec un aplomb qui la surprend, Ngazan poursuit :

— Je suis écrivain, je viens du Cameroun, aujourd'hui je cherche un éditeur en France, parce que entre les 30 % de Camerounais analphabètes et les 90 % qui n'ont pas les moyens d'acheter un livre, le marché est un peu restreint.

— Dois-je vous croire ? Si vous êtes écrivain, vous devez me connaître ! Antoine Nutheil ! Ecrivain mais aussi éditeur ! Dis donc ! Elle ne vous lâche jamais, votre bonne étoile ? fait-il en dirigeant son regard de grenouille au-delà de la tête de Ngazan.

— Antoine Nutheil, bien sûr ! Excusez-moi, je connais votre nom, mais pas votre visage, répond Ngazan avec un grand sourire tranquille, car ce n'est pas parce que ce gars est théoriquement doué du pouvoir de publier son manuscrit qu'il faut s'emballer ; et s'il veut l'emballer, elle le rabrouera comme l'éditeur camerounais dans son bureau poussiéreux. Elle qui n'a jamais vendu sa mangue juteuse au Cameroun ne va pas commencer à le faire en France.

— J'aime beaucoup votre style, ajoute-t-elle à la hâte, se souvenant d'un énième commandement de la Princesse : « Ce que fait ton interlocuteur toujours tu adoreras, même s'il vend des moquettes. » En réalité, elle a détesté le seul livre d'Antoine Nutheil qu'elle ait lu. Ses lamentos bourgeois sont une insulte à son indigence.

Nutheil, qui ne se doute pas du caractère mensonger du compliment, balaie d'un sourire l'expression inquiète perpétuellement gravée sur son visage tourmenté. Il esquisse un début de phrase avant d'être stoppé net par une horde de volatiles au ramage aussi léger que leur plumage : trois blondes court vêtues qui suintent le champagne viennent de l'entraîner par la manche hors de portée de Ngazan.

— Antoine, viens danser sur le podium, je te jure si tu enlèves ta chemise j'enlève le haut ! glapit l'une d'elle.

Pestouille de Zambèze ! Ni une ni deux, Nutheil la plante là, sans vergogne, elle, Ngazan Ella Belinga, tout ça pour suivre des filles number one au classement ATP, Assistance Technique Parisienne pour hommes en rut. Vraiment, même les célébrités de la capitale ont besoin de bordelles patentées pour se sentir désirées ? Les yeux ronds de stupéfaction, Ngazan observe Antoine Nutheil grimper au milieu des stripteaseuses, puis s'effeuiller sous les Ho ! et les Ha ! des convives alcoolisés. Lorsque la blonde délurée tient sa promesse, il agite frénétiquement son bassin démesuré avant de disparaître derrière un rideau en velours rouge, emporté par la houle des fêtardes intéressées. Partagée entre la colère et l'incrédulité, Ngazan imagine le pire : Nutheil, prisonnier dans une pièce secrète, une alcôve du lucre, happé par le harem en goguette qui va lui prodiguer mille et une gâteries que la morale réprouve, tout ça parce qu'il est un grand quelqu'un !

C'est à ce moment que la Princesse ressurgit derrière Ngazan, bondissant d'excitation comme un polichinelle de sa boîte.

— Putain, Ngazan, ça s'appelle faire mouche ! Tu as tapé...

Ngazan la coupe :

— C'est comme ça que ça se passe ici ? Hop une petite envie de vidanger, on attrape une fille et on file derrière le rideau rouge ? Moi je n'aime pas ça, je ne suis pas venue en France pour perdre mon temps dans les bordels !

— Oh ! Ils vont juste se chauffer, les vigiles veillent, on n'est pas dans une boîte à partouze, quand même ! reprend la Princesse, désinvolte. Ngazan, à faire ta mère la pudeur, tu oublies l'essentiel : Antoine Nutheil s'intéresse à toi ! Antoine Nutheil, insupportable de narcissisme mais écrivain et éditeur de son état. Bon, oublie ce que je t'ai dit tout à l'heure. Avec lui, fais ta Cosette, car il ne supportera pas que tu puisses être pauvre mais heureuse alors qu'il est malheureux malgré sa richesse : il culpabilisera. Oui, je sais, les raisonnements du chef de file de la génération Prozac sont difficiles à suivre.

Génération Prozac ? Ça c'était quoi encore ? Il y avait des Antizac aussi ? Au Cameroun, Ngazan lisait des livres, elle rencontrait le monde à la télé et n'avait pas l'impression d'être ignorante. Mais depuis quelques heures, elle avait basculé dans un épisode de « Cocoumbo en France », un dessin animé qu'elle regardait à la CRTV, dans lequel le personnage principal, un petit Ivoirien pourtant fort débrouillard, pataugeait allègrement dans la complexité labyrinthique de la vie parisienne.

— Pro quoi ?

— Prozac, un antidépresseur, une pilule qui anesthésie les bobos à l'âme.

— Une sorte de pilule du bonheur ?

— La pilule qui anesthésie le malheur plutôt... Bref, la génération Prozac, dont Nutheil est le plus brillant spécimen, ne se jette pas par la fenêtre grâce au précieux médicament mais préfère appliquer à la lettre le troisième commandement du Parisien : « Sur tout tu cracheras. » Dans les milieux artistiques en particulier, il est de bon ton de pourfendre la médiocrité du monde. Se réjouir, c'est passer pour Lou ravi, le benêt des contes occitans. » La Princesse avale cul sec sa huitième coupe de champagne de la soirée et poursuit : « Au fond, si on y réfléchit bien, c'est logique : difficile de s'enthousiasmer lorsqu'on est dépressif, comme la plupart des Parisiens.

— Tu vas encore me dire que je pose une question de villageoise, mais pourquoi les Parisiens seraient-ils malheureux alors qu'ils vivent dans la plus belle ville du monde et ne risquent jamais de souffrir de la faim, ni de mourir de maladie faute d'argent pour payer les soins, merci la sécurité sociale ?

— Parce qu'ils ont trop lu Descartes et son satané je pense donc je suis. Comme ils se prennent pour des êtres supérieurs, pour être raccord, ils se croient obligés de penser plus que la moyenne. Quand on pense trop, on se complique la vie, et quand on se complique la vie, on est malheureux.

Ngazan sourit : elle reconnaissait enfin sa Princesse, celle qui avait plus qu'un petit pois dans la tête. Certes, elle n'oubliait pas l'inquiétude qui la taraudait depuis qu'elle avait retrouvé son amie montée sur ressorts, mais elle s'amusait de son aisance à philosopher en toutes circonstances, jusque sous les seins d'une fille en tanga. C'était peut-être cela, l'alchimie des grandes métropoles, ces collisions perpétuelles entre corps étrangers, comme dans l'espace et les livres d'Hubert Reeves. Et de ces collisions naissait une puissante énergie créatrice.

Antoine Nutheil ne réapparut pas. Lasse de pister l'autruche chevelue, la Princesse exposa sa stratégie à Ngazan : « Tu lui envoies un mot pour demander un rendez-vous, tu attends, s'il ne te contacte pas, tu téléphones, et si tu n'arrives pas à le joindre tu provoques une rencontre fortuite en bas de sa maison d'édition », recommanda-t-elle avant de déposer Ngazan, saine, sauve et tourneboulée devant le domicile conjugal.

Alexandre s'était endormi sur le canapé devant un DVD. Ngazan le réveilla pour le conduire dans la chambre, et ne put s'empêcher de lui raconter la soirée, la rencontre avec Antoine Nutheil et l'étrange fébrilité de la Princesse-Spaghetti.

— Cocaïne. Les gens de télé carburent tous à ça, ça les transforme en pois sauteurs mais aussi en ficelle vu que ça coupe l'appétit, décréta

Alexandre, la marque du coussin encore imprimée sur sa joue gauche.

— Tu mens ! s'offusqua Ngazan.

— Je ne pense pas me tromper. Et si ça se trouve elle est aussi anorexique, elle mange puis se fait vomir, parce que ici, être gros est un crime passible de mise en quarantaine sociale. Va au resto avec elle, et ouvre l'œil lorsqu'elle s'éclipse aux toilettes. Si elle s'éternise, c'est qu'elle a sciemment dégobillé ses penne all'arrabiata. Si en plus elle renifle bruyamment, c'est qu'elle s'est fait un rail.

— Elle s'est fait quoi ?

— Enfin, Ngazan, qu'elle s'est enfilé de la coke dans le nez ! On parlera de la déchéance de ton idole un autre jour, veux-tu ? Je suis cassé, marmonna Alexandre en se laissant choir lourdement sur le lit.

Ngazan s'étendit à son tour, perplexe. C'est vrai, le cynisme de la Princesse l'avait déconcertée. Mais se pouvait-il vraiment que la sage jeune fille qu'elle avait connue à Yaoundé, la première de la classe, courtisée par des cortèges de soupirants qu'elle éconduisait pour mieux étudier et se noyer dans la littérature, se soit muée en toxicomane boulimique et désabusée ? La Ville lumière assombrissait-elle les âmes à ce point ? Cette nuit-là, elle demeura en tête à tête avec son insomnie.

12

Fidèle à lui-même, Antoine Nutheil faisait l'autruche. Pire, il semblait avoir disparu dans une faille spatio-temporelle. Le courrier que Ngazan lui avait adressé était resté lettre morte. Au téléphone, son assistante l'assurait qu'elle lui faisait part de ses appels, mais que monsieur Nutheil était très occupé. Bravant sa timidité, Ngazan s'était rendue à sa maison d'édition, rue Jacob, où l'hôtesse d'accueil lui avait dit d'envoyer un courrier.

Elle avait voulu suivre les conseils de la Princesse, s'installer dans un café à proximité et guetter l'apparition d'Antoine Nutheil, mais il n'y avait pas l'ombre d'un zinc à cent mètres à la ronde. Pendant plusieurs jours, elle avait erré sur le trottoir de la rue Jacob, transie de froid, guignant périodiquement un peu de chaleur dans les boutiques adjacentes, jusqu'à ce qu'elle se fasse congédier d'un : « Ici ce n'est pas une salle d'attente. » Elle avait renoncé. L'éditeur aux allures de volatile s'était volatilisé de ses rêves.

Alexandre n'avait pas plus de chance. De retour en France, il s'était mis en quête de quelques piges pour des émissions de télévision. Il passait son temps à envoyer des CV, à graver des cédéroms où il présentait une sélection de ses reportages, à relancer par téléphone des directeurs de production, sans succès. Il était resté trop longtemps hors circuit. « Quelle idée tu as eu d'aller ainsi t'enterrer en Afrique ? », lui avait lâché un jour un de ses ex-collègues.

Ngazan aussi entreprit de chercher du travail, pour compléter l'allocation chômage d'Alexandre, mais aussi pour s'éloigner quelques heures de son homme que le désœuvrement rendait grognon. Elle postula au fast-food en bas de chez eux, mais rendit son tablier et sa casquette d'équipière de choc au bout d'une semaine, lorsqu'elle s'aperçut qu'on jetait méthodiquement tous les quarts d'heure les burgers invendus. Ce gaspillage lui était insupportable, elle qui, au Cameroun, les jours de vaches maigres, avait connu les crampes de la faim. Lorsqu'il apprit sa démission, Alexandre faillit s'étrangler de colère.

— Tu crois vraiment que tu peux te payer le luxe de refuser un job ? Tu crois que ton intransigeance va nous donner à bouffer ? hurla-t-il.

— Je t'interdis de me parler sur ce ton, Alexandre, tu m'entends ? hurla-t-elle encore plus fort. Je vais trouver un autre travail, point final.

Elle tenta de joindre la Princesse pour lui demander conseil. Elle laissa plusieurs messages sur son répondeur, lui envoya un e-mail, mais la Princesse faisait sa belle au bois dormant. Plus les jours passaient, plus Ngazan pestait : « Ici, les gens ont un portable, un téléphone au bureau, une ligne chez eux, un fax, un mail et malgré tout ils sont injoignables, c'est quand même fort ! »

Dix jours plus tard, alors qu'elle rentrait fourbue et bredouille de ses prospections dans les magasins de vêtements et les brasseries patinées, les oreilles saturées de « Vous n'avez pas assez d'expérience, mademoiselle », la Princesse se matérialisa par un message sur son écran d'ordinateur.

« Essaie les restos mode, ceux qui n'embauchent que des serveuses gaulées comme des mannequins. Putain, tu es jolie Ngazan, utilise tes atouts, bordel ! »

Suivait une longue liste de tables chic.

Entre deux rails, la Princesse avait des éclairs de lucidité. Ngazan tapa dans l'œil du chef de salle du Voodoo Lounge, avenue Montaigne, là où s'étirent les vitrines les plus chères de la planète. Gilles était un « homosexuel africaniste », ainsi qu'il se définissait : lorsqu'il était coopérant à Kinshasa, loin des siens, il avait enfin réussi à faire son *coming out*. A Kin-la-canaille, il était d'ailleurs venu un nombre incalculable de fois dans les bras d'éphèbes ébène sublimes et bon marché. Il avait gardé de cette parenthèse kinoise une gratitude éternelle envers son « Afrique libératrice ». En aidant Ngazan à surnager dans la mangrove parisienne, il avait le sentiment de rendre au continent ce qu'il lui avait donné. Rien n'étant gratuit sous ces latitudes boréales, lui-même, au passage, se donnait bonne conscience, la bonne conscience étant comme chacun sait la tartine de Nutella des grands.

Ngazan se retrouva donc serveuse en minijupe. Essentielle la minijupe car, *dixit* Gilles, « ici on n'est pas dans un bar à entraîneuses, mais si tu fais bander les clients, ils consommeront plus de champagne ». Pour elle, c'était un bel exemple de régression professionnelle, même si la Princesse l'avait assurée du contraire : « Tous les décideurs viennent déjeuner ici ! Sans parler des stars ! Audrey Godard, l'ex-frenchie de George Clooney, était serveuse ici lorsqu'elle l'a rencontré. Bon, elle a échoué dans une émission de télé-réalité quand il l'a jetée, mais franchement, qui va la plaindre, elle n'avait qu'à se faire un nom pendant qu'elle était avec lui. Vraiment, il y a des gens qui s'acharnent à rater leur rendez-vous avec le destin ! »

Ngazan rêvait d'une autre carrière, et pourtant le Voodoo Lounge lui réussissait bien. Elle avait appliqué sans y penser le deuxième commandement de la Princesse : être souriante et court vêtue. Les clients réguliers s'étaient pris d'amitié pour cette jolie liane plus avenante que ses collègues, qui, tout aussi gâtées par mère nature, étaient frustrées de ne pas éclore sur papier glacé. Recalées par le saint Pierre des podiums, leur seul espoir était d'apporter un jour une tombée d'épinards ou un tartare aller/retour à un comédien célèbre et fortuné, et de s'entendre dire à la fin du repas : « L'addition, mademoiselle, et puis une petite pipe dans ma suite d'hôtel s'il vous plaît. Et qui sait, dans une semaine vous serez peut-être en couverture de *Voici* et la vraie vie commencera pour vous. » Trop occupées à se concentrer sur ce futur couleur Amex platine, elles faisaient la tête à tous les clients anonymes.

Mais voilà qu'aujourd'hui elles se mettent toutes à danser la carmagnole : un visage coutumier des pages people vient de franchir le sas d'entrée tendu de satin pourpre ! Antoine Nutheil ! De loin, Ngazan lui lance un regard noir. Elle n'a pas digéré le silence de l'autruche. Elle se serait bien procuré une potion « spécial vengeance », mais elle ne croit pas à la sorcellerie, et encore moins aux prospectus qu'on distribue à la sortie du métro Barbès : « *Amour cocufiage chance loto impuissance, le grand marabout Diakité, en contact direct avec les puissants du royaume de l'invisible, s'occupe de tout. Possibilité de paiement échelonné.* » En temps normal, elle ignorerait ce malotru qui n'a pas daigné répondre à ses messages, mais depuis son arrivée à Paris, elle a appris à mettre son orgueil en sourdine : Alexandre n'a pas tout à fait pissé dans un violon. Ravalant son énervement, elle se force à sourire et s'approche de la table où l'illustre éditeur a pris place.

— Bonjour, Antoine. Vous êtes plus difficile à joindre que George Bush, Jacques Chirac et Kofi Annan réunis !

L'autruche vire écrevisse.

— Ngazan, princesse mandingue, reine du Songhaï, pardonnez-moi ! Je suis un mufle, un sagouin, un rustre, une chiure de mouche, vous avez essayé de me joindre, débordé que j'étais je ne vous ai pas rappelée, accordez-moi une chance de me faire pardonner. Jeudi je donne une petite fête chez moi pour mon prix Fémina, venez, je serai le plus heureux des hommes, si tant est que je puisse être heureux un jour !

Ngazan rétorque froidement :

— Je préfère vous voir à votre bureau, une fête n'est pas le lieu le plus approprié pour vous parler de mon manuscrit. Je vous l'ai envoyé, l'avez-vous lu au moins ?

— Formidable ! Venez à ma soirée, nous discuterons de tout ça, il y a de très bonnes choses dans ce que vous avez écrit.

Nagzan accepta de mauvaise grâce. Elle supplia Alexandre de l'accompagner, mais il se déclara trop déprimé pour survivre à une sauterie germanopratine.

Elle se rendit donc seule, au 8, rue Grégoire-de-Tours, dans un duplex aux poutres apparentes et aux étagères plus fournies qu'un rayonnage de la bibliothèque François-Mitterrand. Les invités étaient très prévenants : elle était la curiosité du jour. A la Closerie des Lilas, au country-club de Saint-Cloud, A Porto Ercole en Toscane où ils louaient une maison l'été, ils n'avaient pas l'occasion de fréquenter des personnes de couleur. Mais n'allez pas croire qu'ils étaient racistes, ce n'était pas de leur faute si les Noirs n'aimaient ni le golf, ni le Brunello di Montalcino. Malgré les attentions dont elle était l'objet, Ngazan s'ennuyait ferme. Elle avait craint de ne pas être à la hauteur des conversations ; à raison. L'aréopage d'intellectuels boboïsants et ivres qu'Antoine Nutheil avait réunis ne parlait que d'émissions de télé-réalité qu'elle n'avait pas vues. Lorsque l'un des invités vomit sur son ficus, Antoine Nutheil congédia tout le monde, et elle se retrouva piégée, seule parmi les cadavres de bouteilles qui parsemaient le living hanté par l'odeur âcre de la bile.

— Bon, alors mon manuscrit ? s'impatienta Ngazan.

— Ah ! belle demoiselle, soupira Antoine Nutheil, comme terrassé par un tortueux coup de Jarnac. Je suis un éditeur mais je n'en suis pas moins un homme. L'éditeur s'intéresse à votre manuscrit...

— Mais l'homme s'intéresse à mon cul, c'est ça ? coupa Ngazan, ulcérée.

— Enfin, ma chère Ngazan, des mots aussi vulgaires dans la bouche d'une si jolie femme, écrivain de surcroît, est-ce bien raisonnable ? s'écria Antoine Nutheil, son bec d'autruche libérant une haleine de chacal. J'ai envie de vous, j'ai la franchise de vous le dire, et étant un garçon désespérément obsessionnel, je ne pourrai pas me concentrer sur notre travail d'écriture si je n'ai pas au préalable couché avec vous. Alors couchons ensemble, comme ça ce sera fait, et ensuite, je vous le promets, nous passerons aux choses sérieuses.

Ulcérée, Ngazan avisa son manteau suspendu à une patère près de la porte d'entrée en chêne massif, l'empoigna, et, avant de quitter l'appartement, lâcha :

— Impossible. Je ne suis pas zoophile. Je ne couche pas avec les primates de votre espèce. Bonne fin de soirée.

Une pluie givrée piquetait les trottoirs gris. Ngazan pleura à l'unisson. La fleur de la forêt s'étiolait sur le bitume humide, loin de la terre dans laquelle elle puisait son énergie. Elle pleura le giron de Mfono Belinga, elle pleura le soleil camerounais qui, aux heures douces, lorsqu'il ne déployait pas ses traîtres rayons zénithaux, la caressait avec bienveillance, pénétrant chaque pore de sa peau, lui insufflant la force d'exister. Elle renifla bruyamment. Un jour le printemps viendrait.

13

Le 25 décembre approchait. Paris s'habillait de strass, les préposés à l'emballage de cadeaux frisaient la tendinite. Papillonnant de vitrine en devanture, les prunelles gourmandes, Ngazan se remémorait les fêtes de fin d'année au Cameroun, lorsque, adolescente sans le sou, elle rôdait devant Score, l'unique supermarché de Yaoundé, chichement décoré de guirlandes rachitiques qui perdaient leurs filaments. On était loin des contes de l'avent, même en chaussant des bottes de sept lieues : le Père Noël à l'entrée du magasin était noir et transpirait à grosses gouttes sous sa barbe blanche, et les enfants pauvres n'avaient pas de cadeaux, même s'ils avaient été sages.

Comme à l'accoutumée, Alexandre réveillonnait en famille dans la maison de campagne nichée dans un hameau aux marches du pays cathare. Ngazan allait enfin rencontrer ses beaux-parents, retraités oisifs qui n'avaient pourtant pas trouvé le temps de rendre visite aux jeunes mariés. Pour Noël, elle leur offrirait donc les cadeaux qu'elle avait rapportés quelques mois plus tôt : une majestueuse statuette en ébène pour le père d'Alexandre, et pour sa mère, une nappe en fine cotonnade écrue du Nord-Cameroun, tissée à la main et brodée d'élégants motifs or. Dans ses bagages, elle avait également glissé un sachet de graines de courge séchées, pour leur confectionner un Nnam Gôn, une fine terrine farcie de viande, de crevettes ou de poisson, un plat raffiné que l'on servait lors des grandes occasions.

Lorsque l'Airbus s'était posé à Blagnac, Alexandre lui avait pris la main dans un de ces gestes de tendresse qui la surprenaient toujours, elle la jeune fille au cœur si longtemps asséché. Puis il lui avait soufflé :

— Je sais que tu appréhendes cette présentation aux parents, moi aussi je ne te le cache pas. Mais dis-toi que si tu étais blonde, ce serait pareil !

Ngazan avait simplement secoué la tête.

— Ne t'inquiète pas, ils ne seront pas ouvertement désagréables avec toi car l'essentiel, pour eux, c'est de sauver les apparences, avait-il ajouté, comme pour se rassurer.

Le père d'Alexandre vint les accueillir à l'aéroport de Toulouse. Tandis qu'ils attendaient leurs bagages, Ngazan, pétrifiée de trac, observait à la dérobée son beau-père, posté de l'autre côté de la vitre, au-delà de la douane, gaillardement campé sur ses deux jambes arquées, les mains croisées derrière le dos. Pour dissimuler son malaise, elle fixa longuement le tapis à bagages. Puis son beau-père extirpa son portable de sa poche, composa un numéro, et son regard se détacha d'eux pour se perdre dans le vague. Elle en profita pour le détailler scrupuleusement. Lucien Carayou était un vrai terrien du terroir. Son visage était buriné par des années de jardinage au soleil et le souffle du vent d'autan, ses yeux d'épervier solidement encadrés par des sourcils noirs et fournis, réminiscence de sa chevelure ébène de jadis. Son nez hyperbolique rappela à Ngazan le roc de Cyrano. Elle bénit aussitôt les dieux d'avoir épargné Alexandre, qui avait hérité d'un appendice nasal étonnamment fin au regard de son ascendance paternelle. Légèrement voûtée par le poids des ans, la silhouette massive de son beau-père lui évoqua un baobab vaguement inquiété par une tempête de sable passagère.

Lucien Carayou déposa un baiser rapide et fuyant sur la joue de Ngazan, le regard obstinément braqué sur les dalles grisées de l'aérogare. Pendant le trajet vers Le Carla-Bayle, il parla de la météo, de ses rhumatismes naissants, du deuil qui avait frappé leurs voisins de hameau et des conserves de fruits moins abondantes que d'habitude, à cause de la grêle qui s'était abattue sur le verger le week-end du 15 août, égrenant méthodiquement tous les sujets génériques qu'on aborde pour masquer une gêne ou meubler la conversation, lorsqu'on n'a rien à se dire, ou, à l'inverse, trop de choses sur le cœur. Un torrent de cailloux roulait dans son accent, comme dans l'hymne occitan de Claude Nougaro, cette vibrante évocation de son Païs de Cocagne qu'Alexandre aimait écouter les yeux fermés lorsqu'il avait un coup de blues.

Ils quittèrent la vallée de la Lèze pour emprunter les serpents de bitume qui s'élançaient vers les contreforts des Pyrénées. Un radieux soleil d'hiver caressait les champs en jachère. Le paysage était rond et doux comme les mamelles d'une nourrice. « Voici donc la brousse française, songea Ngazan. Au fond, Lucien est comme moi, un rejeton de villageois, et Bikwoué n'a que quelques décennies de retard par rapport à ces bleds. Alexandre me racontait qu'il y a cinquante ans, il n'y avait même pas le chauffage et l'électricité. Chez nous au moins, on n'a jamais pleuré de froid. Vraiment, les Blancs exagèrent à nous regarder avec condescendance, alors qu'eux-mêmes, il n'y a pas si longtemps, n'étaient que des broussards frigorifiés ! »

MEUUUUUUUHHHH !

— Pire que des bergers allemands, les vaches des Nespoulous ! Dès qu'une voiture arrive, elles sonnent le rappel ! claironna Alexandre.

Ils étaient donc arrivés à La Ramondié, hameau de pierre et d'ardoise blotti au creux d'un vallon, composition hétéroclite de bicoques en ruine, de silos à grain, et d'étables aux murs de ciment nu scindée par un chemin qui s'achevait en fourche. A gauche, il y avait la maison Bouygues des Nespoulous, construite grâce à aux innombrables prêts qui transforment le paysan français en surendetté chronique. A droite, se dressait le fief des Carayou, une solide bâtisse aux murs centenaires et aux volets rouge pimpant.

— *Yeah black sister*, bienvenue chez les ploucs !

Olivier *is appearing* sur le perron de la demeure, souriant comme Lou ravi dans la pastorale des santons de Provence. Il porte une veste sans manches en poil de bouc. Sans doute un cadeau de José Bové.

Ngazan ne refuse pas cette affection généreusement prodiguée. C'est toujours ça de pris : la feinte bonhomie du père d'Alexandre n'augure rien de bon ; la belle-mère qui, comme chacun sait, est une sorcière en puissance, surtout quand elle est blanche et que son fils bien-aimé a choisi une Noire, risque d'être bien pire. Avec son sens de l'humour qui ne fait rire que lui, Olivier a d'ailleurs glissé à l'oreille de Ngazan, lorsqu'il s'est saisi de son bagage : « Le mariage, c'est pas la mer à boire, c'est la belle-mère à avaler. »

— Bonjour, les voyageurs !

Madeleine Carayou s'avance vers eux d'un pas affairé. Faussement enjouée, elle s'essuie nerveusement les mains dans un torchon maculé de graisse de canard, rapport au confit qui transpire à feu doux à la cuisine et dont le parfum pousse-au-crime embaume tout le séjour. C'est une maîtresse femme, assurément. Belle et forte. Si elle était née à Hollywood, elle serait devenue une star : elle ressemble à Ava Gardner dans *Tremblement de terre*, un film-catastrophe qui a fait frissonner Ngazan au cinéma Abbia, à Yaoundé.

— Le vol s'est bien passé ? » Et sans attendre la réponse, elle poursuit : « Vous dormirez dans le cambrou-haut. J'ai mis des draps propres, et un radiateur d'appoint aussi. Il n'y fait pas très chaud, on doit refaire l'isolation des fenêtres... Elle s'interrompt, et pousse un soupir : Il faut dire que personne ne vient dans cette chambre depuis que tu es parti en Afrique.

Ils ont à peine le temps de poser leurs bagages dans la chambrette encombrée de couvertures en macramé et de livres de poche jaunis qu'en bas, on toque à la porte d'entrée. C'est Danielle Nespoulous, la voisine, robuste paysanne des temps modernes en jean, flanquée de ses petites-filles, deux poupettes blondes hautes comme trois pommes. L'une arbore un sweat-shirt Barbie, l'autre un pull à l'effigie de Lorie. Officiellement, Danielle est en rupture de stock de moutarde.

— Et ils sont où les Parisièms ? entendent-ils depuis leur chambre.

— Ah ! la curiosité villageoise n'a pas de frontières ! fait Alexandre à Ngazan avec un clin d'œil. Ne t'inquiète pas, Danielle est une vraie pie mais elle a un bon fond.

— Les voilà, les tourtereaux ! exulte Danielle. Vous avez de la chance, le soleil est revenu, il y a trois jours, qu'est-ce qu'il neigeait, *bouddiii*, on aurait dit que le bom Dieu il pétait des balles de ping-pongue !

Ngazan lui répond par un grand sourire. Souriant de concert, les deux blondinettes rosissent de timidité et se réfugient derrière l'imposant séant de leur jeune mamie. Dans une fulgurance diplomatique, Ngazan se penche vers Jennifer et Mégane, caresse leurs boucles blondes et s'extasie :

— Oh ! les jolies petites princesses ! Est-ce que vous connaissez l'histoire de la reine de Saba ? C'était une princesse, comme vous !

Cinq minutes plus tard, Jennifer et Mégane ont une nouvelle idole. Dans quelques heures, Danielle, sous prétexte d'aller chercher des œufs à la Poussarié, une pintade pour Noël à Zanzipou, et le chèque du ramassage scolaire à la mairie du Fossat, pourra clamer dans tout le canton : « Oh ! je peux te dire que les pitchounes elles l'adorent, elle leur a raconté des histoires qu'ils racontent aux enfants chez eux. Elle est vraiment jolie, et sympa comme le chocolat Banania ! » Le lendemain à la messe du dimanche, les ouailles du curé ne seront pas en reste, dégoulinantes de bienveillance affectée : « Oh ! ma petite, vous êtes bien mieux ici que chez vous, avec toutes vos guerres et vos famines qu'on voit sur TF1 ! »

En attendant, ils trinquent tous au kir, c'est chaud et convivial comme une nouvelle des *Veillées des chaumières*, ce magazine vieille France auquel feue la grand-mère d'Alexandre était abonnée, et dont les numéros rongés par les souris encombrent le grenier de la Ramondié. Jennifer et Mégane se gavent de Banga en posant à Ngazan de grandes questions existentielles :

— Dis, ta *mamàm* aussi elle est noire ?

— Dis, *Gazâm'*, j'ai un ami à l'école, il dit que les Noirs il sont noirs parce qu'ils se lavent avec de la boue, est-ce que c'est vrai ?

Vint le jour du réveillon. La neige enveloppait la Ramondié d'un silence ouaté. Lucien rougeoyait comme les tisons qu'il remuait consciencieusement dans la cheminée. En cuisine, Madeleine fourrageait dans les entrailles d'une dinde obèse, tandis que Ngazan s'activait à confectionner son Nnam Gôn, broyant au mixer les graines de courge.

— Un petit apéro ?

Serviable comme l'âne de la crèche de Noël, Lucien vient de passer son cou de taureau par l'entrebâillement de la porte. Il se fige, jette un coup d'œil à la préparation de Ngazan, et ouvre grande la fenêtre. Une armada de flocons s'engouffre dans la pièce. Madeleine le regarde comme s'il était possédé :

— Lucien, qu'est-ce qui te prend ? Tu veux qu'on attrape la mort ?

— Les odeurs, Madeleine..., chuchote Lucien en coulant à son épouse un regard entendu.

Jusqu'à présent, Ngazan fait le dos rond. Mais là, que Lucien refasse le coup des odeurs, en sa présence, c'est trop. Elle s'adosse contre le plan de table en lauze de l'Aubrac, croise les bras d'un geste brusque, foudroie ses beaux-parents du regard, et lance :

— Quelle odeurs ? Celles que ma cuisine est censée dégager ? C'est quoi votre problème, au juste ? Parlons-en, au lieu de tourner autour du pot comme vous le faites depuis que j'ai mis pied à l'aéroport de Toulouse.

En se traînant, un ange passe, les ailes engluées d'embarras.

— Ngazan, nous n'avons rien contre vous, hasarde Lucien. Mais ce mariage... dans la précipitation.... vos deux cultures..., soupire-t-il.

— D'accord, Alexandre et moi avons des origines différentes, réplique Ngazan. Mais nous nous sommes adaptés, tous les deux, et si nous y avons réussi, je ne vois pas quel est votre problème. Et puis nos deux cultures, ça veut dire quoi ? Nous lisons les mêmes livres, nous regardons les mêmes chaînes de télévision, vous sur le réseau hertzien en France, moi par satellite. J'ai peut-être lu plus de livres français que vous.

Allez, un petit jeu comme ça, pour voir. Comment s'appelle la bien-aimée d'Augustin dans *Le Grand Meaulnes* ?

— ?

— Yvonne. De quelle ville viennent les deux seigneurs étrangers dans les *Lettres persanes* de Montesquieu ?

Madeleine fixe d'un œil vide le croupion de la dinde.

— Ispahan. Comment meurt Atala, l'héroïne de Chateaubriand ?

— Ngazan, inutile de faire étalage de votre savoir, coupe Madeleine. Je n'ai rien contre vous en particulier, et je suis assez instruite pour savoir que les Noirs ne sont pas des sauvages, qu'ils sont éduqués, et qu'ils ne passent pas seulement leur temps à se faire la guerre et à mourir de faim ou du sida. Simplement, je ne veux pas qu'on regarde mes petits-enfants de travers. Vous savez, ici, le qu'en-dira-t-on, on ne s'en débarrasse pas comme ça. La vie est difficile, et le mélange, ça attire encore plus de complications, un point c'est tout.

— Vous aimez bien les Noirs tant qu'ils restent chez eux et ne touchent pas à votre fils, c'est ça ? D'ailleurs vous leur envoyez des vêtements ! Quelle générosité ! Avouez, c'est pour flatter votre bonne conscience ? fulmine Ngazan.

Courageux mais pas téméraire, Lucien s'est éclipsé dans le séjour pour avaler un godet de guignolet vite fait.

— Vous voulez vraiment savoir ? C'est parce que je crois en la charité chrétienne. Je suis choquée que des enfants de Dieu vivent dans la misère, c'est aussi simple que ça !

— Ah bon ! Et votre Jésus que vous vénérez, est-ce qu'il a dit aimez-vous les uns les autres, pourvu que vous ayez la même couleur ?

— Ne blasphémez pas sous ce toit, Ngazan ! Je n'ai pas mis en cause vos dieux de la forêt, alors respectez le mien !

— Je n'ai pas souillé votre Dieu, Madeleine, ce n'est pas de divinité que je parle, mais d'humanité. Si vous n'êtes pas fichue de respecter les hommes, quelles que soient leurs origines, nous n'avons rien à nous dire. Et puis vous êtes qui d'abord pour me parler comme ça, à moi, Ngazan Ella Belinga ! explose-t-elle en jetant son tablier indigo qui s'envole par la fenêtre, vers la Lèze, les Pyrénées et l'Espagne, emporté par le courant d'air.

Son pas furieux faisait trembler le parquet vermoulu. Elle gravit l'escalier menant au cambrouhaut, trouva Alexandre allongé en train de relire un vieil *Astérix chez les Belges*, son casque d'Ipod vissé sur la tête. Elle fourra rageusement dans sa valise les habits qu'elle avait rangés dans la robuste armoire en merisier. Ils sentaient le renfermé. Son exaspération décupla. Alexandre finit par quitter ses irréductibles Gaulois.

— Ngazan, qu'est-ce qui te prend ?

— Pestouille de Zambèze, c'est la phrase du jour on dirait ! Regarde-moi bien, Alexandre

Carayou. Tu ne m'as pas ramassée dans la rue, tu as épousé une fille qui a une lignée, des ancêtres dont je t'épargnerai la longue liste d'exploits et de qualités sous peine d'être encore là dans cette baraque pourrie dans douze ans. Ton père ouvre grandes les fenêtres comme si l'odeur de mon Nnam Gôn, que j'ai préparé pour lui faire honneur, allait l'asphyxier, ta mère m'insulte ainsi que tous ceux de ma race. Je ne resterai pas une minute de plus dans cette maison et n'y reviendrai pas tant qu'ils ne m'auront pas présenté leurs excuses. J'ai été assez claire ?

— Mais qu'est-ce qui s'est passé ? blêmit Alexandre.

Elle lui résume la conversation de Noël, puis conclut sèchement :

— Ce sont tes parents, tu as le droit de vouloir passer avec Noël avec eux. Moi, je n'en ai ni l'obligation, ni l'envie. Alors dépose-moi à Toulouse, et on se voit à Paris.

Alexandre demeure pétrifié comme si on venait de lui annoncer qu'il avait une maladie incurable, que ses jours étaient comptés, et qu'il aurait à peine le temps de relire l'intégrale d'Astérix avant de casser sa pipe.

— Alexandre, s'énerve Ngazan, ressaisis-toi, ne te laisse pas ramollir comme du foufou de manioc. Rien n'est dramatique. Tes parents ne m'aiment pas, c'est leur problème. Moi je ne vais pas perdre mon temps à tenter de me faire accepter. Toi, tu passeras un joli Noël à t'empiffrer de foie gras, de dinde grasse et de bûche au beurre. Moi je passerai un joli Noël avec mon Nnam Gôn et moi-même, et ce sera très bien comme ça, conclut-elle avant de redescendre transvaser la mixture de graine de courges dans un sac en plastique.

Alexandre sortit enfin de son mutisme. Il tenta en vain de la raisonner, puis fit du chantage automobile : il refusa de la ramener à Toulouse. Olivier se montra plus coopératif. Il emprunta la Renault Express des Nespoulous, et déposa Ngazan à la gare de Toulouse-Matabiau.

— Désolé, Ngazan, je te l'avais dit, mes parents sont très cons, je parle en connaissance de cause, je les supporte depuis trente-sept ans...

A vingt et une heures, elle était à Paris. Juste à temps pour joindre Mfono Belinga avant son départ pour la messe de minuit.

— Allô, maman ? Joyeux Noël ! Oui je vais bien le travail ça va, oui oui la famille d'Alexandre est gentille, embrasse tout le monde pour moi, dis à Bamba que s'il ne travaille pas mieux à l'école je vais le chicoter, j'ai attrapé un rhume, c'est pour ça que je renifle mais ça n'est pas grave, j'ai préparé un Nnam Gôn pour tout le monde, on va faire la fête et on pense à vous très très fort.

14

Paris n'avait jamais été un eldorado pour elle. Elle n'avait jamais compris les risque-tout morts congelés dans un train d'atterrissage ou étouffés par les sables du Sahara pour avoir voulu rejoindre la Terre promise. Pourtant, après quelques semaines dans la capitale française, l'espoir avait gonflé ses veines. Paris était la ville de tous les possibles, et son rêve enfoui de se voir publiée s'était révélé. Elle avait relevé l'adresse de toutes les maisons d'édition sur les pages jaunes. L'imprimante d'Alexandre avait fini par bugger, lasse de cracher les pages de son manuscrit en quarante-trois exemplaires. Quarante-trois plis qu'elle avait portés religieusement à la poste. Des semaines d'attente, et puis le silence. La glissade vers le découragement. Une vie en un dégradé de gris et d'amertume. Amère comme des feuilles de Ndolé mal lavé, son arrivée dans une ville blafarde et arrogante. Amère comme une tasse de café trop fort, cet espoir déçu d'être publiée par Antoine Nutheil. Amère comme un cachet de quinine, cette rencontre explosive avec ses beaux-parents.

Le cœur malade de Paris battait trop vite. Lorsque Ngazan s'engouffrait dans le métro, vers 18 heures, pour le service du soir au Voodoo Lounge, elle était à contresens. La bouche métropolitaine vomissait des hordes d'employés hagards, robots de cire téléguidés qui gravissaient les escaliers sans même s'apercevoir de sa présence, et qui l'auraient probablement écrasée comme une fourmi si elle n'avait pas croisé ses bras devant elle en un bouclier de fortune.

Et puis il y avait les serveurs rogues au café, qui jetaient la monnaie sur la table sans un sourire ni un merci. Les chauffeurs de taxi bougons, qui, lorsqu'elle prenait place dans leur véhicule qui empestait la transpiration, le tabac froid et le poil de chien mouillé, lui jetaient un regard soupçonneux et crachaient : « Je vous préviens tout de suite je ne vais pas en banlieue. » Les mal lunés des grandes villes, toujours prêts à lâcher un scud raciste. Comme cette sexagénaire en apparence respectable dans le bus 95, qui, alors que Ngazan n'avait même pas remarqué sa présence, plongée dans le dernier livre de Toni Morrisson, marmonna assez fort pour qu'elle l'entende :

— Et en plus ça s'assied sur les places réservées aux personnes âgées ! Chez elle, elle mourrait de faim et elle ferait moins la maligne, cette noiraude !

Ngazan avait senti monter en elle des envies de meurtre. Sa mère n'ayant pas élevé les cochons avec celle de l'insolente fripée, elle avait opté pour une réaction aussi calme que cinglante :

— Je suis noire et visiblement ça vous pose problème, mais vous, vous avez quelle couleur au juste ? Quand vous vous exposez au soleil vous êtes rouge, quand votre satané hiver s'éternise vous êtes grise, quand vous avez trop couru vous êtes violette, quand vous vous mettez en colère vous êtes verte, et quand vous mourrez vous serez bleue. Moi, madame, je ne suis pas un caméléon. Noire je suis, noire je reste et j'en suis fière.

Les autres usagers, qui avaient détourné leur regard parce qu'à Paris, c'est chacun pour soi et Dieu pour personne, n'avaient pu réprimer un gloussement. Seul un groupe de jeunes s'était manifesté ouvertement : « *Respect Sister !* Comment tu l'as séchée l'ancêtre !

La panzer-mégère s'était éloignée vers le fond du bus, proférant tous les jurons appris pendant sa longue existence, et tentant sans succès au fil de sa lente progression de trouver des alliés pour morigéner l'arrogante sarrasine.

Dégradé dans l'amertume.

15

Les unes « Spécial maigrir » faisaient leur apparition dans les kiosques. Le printemps pointait le bout de son nez enrhumé. Après le carnage de Noël, Alexandre avait copieusement boudé. Il en voulait à Ngazan d'avoir torpillé l'apparente harmonie familiale. Il l'accusait d'avoir provoqué la dispute. Au fond, il se sentait coupable de ne pas avoir anticipé l'hostilité froide de ses parents. Mais c'était elle qu'il rendait responsable de sa naïveté amoureuse : rejeter la faute sur l'autre, c'est toujours plus commode. Bouillonnante de rage, cet ultime degré de son indécrottable orgueil, Ngazan avait rajouté de l'huile sur le feu, soutenu mordicus que le racisme larvé de ses parents était aussi dangereux que la xénophobie affichée de l'extrême droite. Ils avaient failli en venir aux mains. Et puis, elle avait offert ses grands yeux aux siens, et lui avait dit : « Rappelle-toi les paroles de Toumaï, Alexandre » ; elle avait poursuivi par un « je t'en supplie », une expression si incongrue chez elle qu'Alexandre avait immédiatement quitté sa carapace de mâle inébranlable, avant de conclure : « Pensons à nous deux d'abord, Alexandre, pense à cette indicible force qui nous lie, là, au plus profond de notre ventre. Et ensemble, nous viendrons à bout de la sécheresse des cœurs. » Alors, à trente et un ans, Alexandre était enfin devenu adulte : il avait fait le premier choix de sa vie. Ngazan, contre vents et marées. Ngazan, et tant pis pour les parents. Cette sensation nouvelle d'être un homme, un vrai, à poigne et musqué, l'avait ragaillardi. En plus, il avait trouvé un job : il avait rejoint l'équipe de la future chaîne d'informations internationale. Pour fêter ça, il emmena Ngazan au Keur Samba, légendaire boîte afro rue La Boétie, à deux pas des Champs-Elysées. Il y avait des miroirs en forme de branches de palmier sur les murs, des fauteuils imprimés tigre, et des fils de dictateurs africains qui venaient dilapider le maigre PIB de leur pays en magnums de Cristal Roederer. Les black is beautiful coupaient décalaient jusqu'à huit heures du matin avant d'aller éponger le champagne ingurgité au breakfast du Bristol voisin. Il y avait longtemps que Ngazan ne s'était sentie aussi bien. Ivre de légèreté comme au bon vieux temps des bringues au Caveau, à Yaoundé. Le décor et la clientèle du Keur étaient plus clinquants, mais on y retrouvait les mêmes lianes à louer qu'au club agité de Yaoundé, en plus sophistiquées. Sous l'universelle boule à facettes, la trajectoire de leurs fesses bombées comme des calebasses était identique, tantôt ondulante, tantôt saccadée, tournez oh, tournez oh, tremblement de postérieur pour la postérité, chauffez, chauffez, roulement de hanches, JOUISSSSEEEZ !

Etourdie dans la danse, Ngazan croit néanmoins reconnaître l'impérial séant d'Hortense. Elle cligne trois fois de l'œil au rythme des percussions, oui, c'est bien sa magistrale copine qui se gâte dans un bas-la-terre dont elle seule a le secret !

— Hortense ! C'est bien toi ? hurle-t-elle, les yeux ronds de surprise, poussant la voix plus fort que *Jouissance intégrale*, le dernier carton au hit-parade camerounais.

— *Hiii* Ngazan, toujours dans le mouvement, même à Mbeng ! répond Hortense en plongeant dans ses bras.

Ngazan s'esclaffe, diablement heureuse de retrouver sa compagne de galères, de chimères et de fous rires, surtout.

— Toi ici ? Je n'en reviens pas ! Tu as atterri comment à Paris ?

— Laisse, j'ai une cousine qui est partie mourir du sida au village. Même âge, même air de famille, est-ce que les cartes de séjour meurent avec leur propriétaire ?

Lorsque Hortense rit, ses boucles d'oreilles Dior tintinnabulent gaiement. Elle est siglée CD de la tête au pied ; un vrai corps diplomatique.

— Hortense ! Ça alors ! Tu maîtrises la ligne directe Roissy-Charles-de-Gaulle/avenue Montaigne ! Dis-moi qui te gère ! répond Ngazan, encore étonnée.

— Ma chère, pour être claire, c'est mon derrière qui me gère. Ou plutôt je gère mes fesses et c'est un bon investissement.

La réponse ne surprend pas Ngazan, bien qu'elle l'ait appréhendée. Objet de plaisir, objet de désir, marchandise soumise et négociable, est-ce le seul chemin pour Hortense, est-ce l'inéluctable condition de la femme noire ? Hortense visiblement ne se pose pas de questions existentielles au beau milieu de la piste du Keur Samba. En deux temps et trois coups de reins, elle s'est trouvé un toit dans les beaux quartiers, officie *via* Internet, échappe ainsi au trottoir, s'estime bienheureuse d'exercer librement la profession libérale qu'elle s'est choisie, et n'a cure des remarques que Ngazan s'apprête à faire.

— Hortense ? Et la dignité ? Regarde toutes les Africaines qui sont ici ! La plupart sont des travailleuses de la nuit ! Elles se lèvent à 3 heures du mat' pour récurer les bureaux ou se couchent à 7 heures après avoir taillé des pipes à la chaîne. Tu crois que tu ne vaux pas mieux ? Et toutes tes sœurs avec toi ?

Le regard d'Hortense se durcit. Dans cette insouciance festive, il est encore plus implacable.

— Mouf ! Au lieu de me faire la morale, descends de ton nuage rose, crache-t-elle au plus près de l'oreille de Ngazan pour que le vacarme ne dissolve pas sa colère. Toi tu as trouvé ton

Blanc qui te protège, moi je dois me débrouiller toute seule. Et puis tes sœurs africaines comme tu les appelles, elles prennent ce qu'on leur donne. Combien font le ménage alors qu'elles ont bac + 5 ? Dans ce beau pays, terre d'accueil, patrie des droits de l'homme — de l'homme blanc surtout —, la femme noire n'est là que pour servir. Si Condoleeza Rice était née en France, elle serait boniche aujourd'hui. Alors je préfère écarter les cuisses plutôt que de nettoyer la merde des autres. D'abord, ces gros rougeauds, quand ils sont entre mes jambes, je les tiens, c'est moi qui ai le pouvoir. Et puis tu crois que je vais faire ça toute ma vie ? J'ai un compte épargne, moi ! Dès qu'il est assez plein, je rentre au pays, j'ouvre une boutique, un resto, j'achète une Mercedes, bref j'investis et finie la galère. Et puis, tu vois toutes ces filles qui sont dans les *Voici, Voilà, Gala, Oli, Ola* ? Ces go qu'on appelle actrices, chanteuses, top models, vedettes, pipoles, VIP, tu crois qu'elles ont fait quoi pour arriver en une du journal au premier rang ? Elles ont ouvert leurs fesses à un producteur, un agent, ou quoi même encore. Les do et le cul gouvernent ce monde. Si tu n'as pas ya ça, rentre au quartier.

Ainsi s'était éteinte Hortense, l'amie à la cuisse légère mais joviale. L'indolente demoiselle en quête de sésame pour l'Europe qui se ruinait au cybercafé « Bill Gates of Yaoundé » sur les sites de rencontres français, suisses et même croates. Sur la toile, elle devenait « Piment d'amour, top model brune, 1,70 m, 67 kilos, docile et charmante, cherche relation sérieuse avec homme belle situation. Age indifférent. » « Ça c'est pour que les vieux répondent, n'est-ce pas ils ont l'argent de toute une vie ? disait-elle, l'œil rieur. Et s'il faut réveiller leur chose molle-là, pas de problème, les pouvoirs magiques d'Hortense redressent même le zoze d'un fétiche ancien ! » Lorsque Ngazan avait quitté le Cameroun, elle lui avait donné une feuille de route : « Au lieu d'aller faire le beubeup sur les Champs-Elysées, cherche-moi un mari ! »

Pourquoi Paris l'a-t-elle rendue aussi aigre ? Parce qu'elle a broyé ses rêves en quelques semaines ? Ngazan étouffe de tristesse, à moins que ce ne soit de rage. Par réflexe, elle prend son amie dans ses bras. Hortense éclate en sanglots au creux de son cou, petite fille éperdue parmi les danseurs survoltés.

— Il y en a un qui m'a ligotée et m'a chié dessus, hoquette-t-elle.

Indifférente à ses états d'âme, les noceurs reprennent en chœur : « JOUISSSEZZZZZ ! »

Partir, vite, tout de suite. Ngazan tente d'entraîner Hortense avec elle, lui propose de dormir dans le canapé-lit du salon, pour lui offrir un peu de chaleur, la tendresse d'une famille retrouvée. Hortense refuse. « Je suis en service », lui répond-t-elle simplement avant de disparaître aux toilettes pour effacer son malheur d'un coup de pinceau et de poudre compacte.

La fête est finie, souffle la bourrasque glaciale qui saisit Ngazan et Alexandre à la sortie du Keur Samba. Ils réajustent leurs écharpes et s'engagent sur le trottoir désert, à la recherche d'un taxi. Quelques dizaines de mètres plus loin, sous le vaste porche d'un élégant immeuble de bureaux, un amas de cartons jonche les dalles détrempées. Ngazan s'étonne de ce désordre qui rompt l'harmonie policée de cette rue des beaux quartiers.

— La voirie fait grève ? questionne-t-elle.

— Mais non, enfin Ngazan, c'est un SDF, un clochard, répond Alexandre, surpris par l'ingénuité de sa femme.

— Pourquoi il dort en route comme ça ? Avec ce froid ? Il est tombé sur la tête ou quoi ? s'exclame Ngazan d'une voix inquiète.

— Il n'a plus de toit, il n'a nulle part où dormir, c'est quoi ces questions, Ngazan ? On dirait que tu n'as jamais vu de clochard !

— Ce gars-là ne peut pas aller chez un cousin, une tante, un ami ? Il n'a pas de famille ?

Qu'il y ait des pauvres en France, Ngazan n'en doute plus. Mais même dans son pays oublié de la prospérité, personne ne dort dehors, sauf quelques fous hirsutes échappés de l'hôpital psychiatrique Eugène-Jamot le temps d'une nuit. A Yaoundé, on est solidaires dans la misère. S'il faut couper un grain de riz en quatre pour nourrir la famille élargie, on coupe, Dieu remplira assez la panse de chacun dans l'au-delà. La solitude est absente du chapelet de maux qui rongent le pays. La force plurielle n'est pas un slogan électoral de gauche mais le bouclier de ceux qui n'ont plus aucune arme. On souffre ensemble, et de cet ensemble naît l'espérance.

— Mais il est mort ! s'écrie-t-elle en bondissant d'un élan vers l'abri de fortune.

Elle perçoit soudain un léger mouvement, puis un bruit furtif, comme un froissement de papier. Alexandre la tire brusquement en arrière.

— Non, tu vois, il bouge, tu l'as réveillé avec tes cris.

— Mais je ne peux pas laisser quelqu'un mourir en route comme ça !

— Tu vas faire quoi ? Le ramener à la maison peut-être ?

— Et toi, tu vas faire quoi ? Le laisser crever comme un chien peut-être ?

Alexandre tente de l'enlacer mais elle se dégage brutalement.

— On va appeler les pompiers pour qu'ils viennent le chercher, propose Alexandre pour la calmer. C'est leur boulot. Franchement tu t'imagines quoi ? Qu'on va l'héberger dans notre deux-pièces ?

Quelques passants regagnent leurs pénates et leur vie douillette, sans un regard pour le clochard. Ngazan est pétrifiée. Ses pensées, elles, s'entrechoquent. Comment cet homme, car c'est un homme, a pu échouer là, sur un trottoir glacé, dans un pays qui envoie des fusées au ciel ? Où est sa famille ? Son cousin est trop occupé à déféquer sur une prostituée pour lui venir en aide ? Quelle mère, quelle sœur peut se lever tous les jours, préparer un petit déjeuner copieux pour ses enfants, donner des croquettes à son chien et vivre sa vie en sachant que l'un des siens meurt dehors ? Dieu, toi aussi, tu es où ? Tu as décidé de chômer jusqu'à la fin de tes jours ?

16

Il prend toujours un « jus de carotte minute », des jeunes pousses d'épinard et un bar à la vapeur d'algues. Il tient à sa ligne. Exceptionnellement, il s'autorise un verre de pouilly fumé. Sa secrétaire ne réserve que le salon privé. Avec ses tempes grisonnantes, dans cette alvéole mauve et feutrée du premier étage, déclinaison design du carré des officiers d'un transatlantique des années 30, il ressemble au Captain Stubbing dans *La Croisière s'amuse*, la distinction française en plus. C'est un capitaine d'industrie, un souverain des temps modernes, et son déjeuner s'apparente à un discret conseil de guerre, loin des intrigues de palais, entouré de son état-major restreint, austères échansons aussi sérieux que leur cravate. Ils se taisent de concert lorsque Ngazan apporte les plats. Chuchotent dans son sillage. Un jour qu'elle a noué dans ses cheveux un foulard créole à la géométrie chatoyante, il la salue d'un sourire, et lui glisse tout en dénouant sa serviette :

— Vous êtes particulièrement jolie avec ce couvre-chef, vous me rappelez le poème de

Baudelaire... « *Au pays parfumé que le soleil caresse...* »

— « *J'ai connu, sous un dais d'arbres tout empourprés*

Et de palmiers d'où pleut sur les yeux la paresse,

Une dame créole aux charmes ignorés... », enchaîne Ngazan.

— Vous connaissez « A une dame créole » par cœur ? s'étonne Maurice Glénant, condottiere lettré à la tête d'un empire capitaliste dardant ses tentacules vers la publicité, l'édition et la fabrication de missiles.

— Baudelaire est mon poète préféré. Je le relis dès que j'ai un peu le spleen, ou dès que je manque d'inspiration pour poursuivre le roman que je suis en train d'écrire.

Maurice Glénant hausse ses deux sourcils conjointement, signe qu'il est très surpris.

— Vous écrivez un roman ?

Ngazan hausse les épaules, faussement modeste.

— Est-ce que je dors après le service ?

— Vous avez un éditeur ?

— Pas encore, le roman n'est pas achevé, j'ai déjà écrit des nouvelles mais on m'a dit que les nouvelles n'intéressaient personne.

— C'est vrai que le marché est compliqué pour les nouvelles, opine Maurice Glénant. Quoique... Anna Gavalda a bien vendu les siennes à deux cent mille exemplaires. » Il lui tend sa carte de visite. « Envoyez-moi les vôtres, ainsi que deux chapitres de votre roman et quelques lignes présentant son ossature, reprend-il. Inscrivez bien « Personnel » en lettres capitales. Rappelez dans votre courrier les circonstances de notre rencontre.

— Vous êtes sûr que vous le lirez ? hasarde Ngazan. Vous ne ferez pas comme ces éditeurs qui m'ont promis monts et merveilles, à condition que je couche avec eux ?

Ngazan se maudit aussitôt d'avoir été aussi loin. Ta langue là est trop sauvage ! Est-ce qu'on parle comme ça aux messieurs bien ?

Trop tard. L'un des sbires s'étouffe, l'autre avale sa cravate, le troisième coule un œil inquiet vers son patron. Maurice Glénant répond, le visage impassible mais la pupille réjouie :

— Vous au moins vous ne perdez pas votre temps en circonvolutions et rodomontades ! Je vous rassure tout de suite. Vous illuminez mes déjeuners avec votre sourire, votre gaieté et votre entrain, alors si je peux illuminer votre destin...

— Merci, monsieur, balbutie Ngazan, soudain émue par la sollicitude du respectable ancien. Une bienveillance qui apporte une note bleue dans cette journée grise qui a si mal commencé : deux heures plus tôt, la Princesse est venue bruncher au Voodoo Lounge avec un journaliste qui voulait l'interviewer. Ngazan l'a attentivement observée, notant sa longue et suspecte disparition aux toilettes. En écoutant à la porte, elle l'a entendue renifler bruyamment, comme si tout le pollen du bois de Boulogne s'était niché dans ses narines. N'y tenant plus, elle l'a interceptée à sa sortie, dans la salle du premier étage, vide en cette heure matinale, et a tout déballé sur la table : présomption de boulimie et de cocaïnomanie aiguë.

La Princesse a pâli, commencé par nier, le regard embué de gêne. Puis, elle est remontée sur son piédestal, et a lâché, l'œil plus granitique que celui d'une gorgone en furie :

— Qu'est-ce que tu crois, Ngazan ? On a tous nos béquilles ici ! Certains s'empiffrent pour calmer leur angoisse puis se font vomir pour ne pas grossir, d'autres boivent, d'autres se piquent, d'autres vont fouetter des femmes enchaînées dans des caves sombres, d'autres, après une journée de téléconférence avec Tokyo à parler OPA et indices Nikkei, troquent leur costume sombre contre des couches-culottes et réclament la tétée à des nourrices pour adultes, d'autres vont à la pharmacie acheter du Xanax, du Valium, du Prozac et autres drogues sur ordonnance, d'autres se shootent au sport dans des salles de gym sur des instruments barbares, d'autres prennent des crédits Cofinoga pour se ruiner en robes Versace vert pomme qu'elles ne porteront jamais... Ceux qui n'ont pas de béquilles boitent et finissent bons derniers dans la grande course qui régit le monde. En Afrique on a le ventre vide, en Europe on a le cœur gros. Tant que tu n'auras pas compris ça, tu resteras dans ta brousse. Et pas un mot de tout ça à mes parents, OK ?

Hébétée, Ngazan a tenté de répondre. Elle aurait voulu lui rappeler que la vie n'était ni une course contre la mort, ni une compétition, que le plaisir abolissait le temps et l'angoisse : est-ce qu'on regarde sa montre lorsqu'on fait l'amour, lorsqu'on partage un repas avec ceux qu'on aime ? Avait-elle oublié ces heures suspendues, à Yaoundé, à la saison brûlante, lorsqu'elles passaient l'après-midi assises à la véranda ombragée de la villa d'Essos, à parler de tout et de rien, à « taper les divers » comme on dit là-bas ? Ngazan aurait voulu lui dire qu'elle l'aiderait à retrouver le chemin du bonheur, mais elle n'avait pas su comment s'y prendre. Autrefois, c'était la Princesse qui s'occupait d'elle, avec ses livres qui l'aidaient à vivre. Aujourd'hui les rôles s'étaient inversés, mais elle ne connaissait pas ses répliques, et puis Gilles était venu la rappeler à l'ordre : un groupe de Japonaises ployant sous les sacs Vuitton avait envahi les lieux.

Alexandre avait donc raison. Le soir venu, encore bouleversée par le mal-être de la Princesse, elle préfère lui raconter sa discussion pleine de promesses avec Maurice Glénant.

— En voilà une bonne nouvelle ! s'exclame Alexandre. Ça mérite un coup de champagne ! poursuit-il en allant déloger la bouteille de Trouillard cuvée Diamant qui fraîchit dans le frigo en prévision des heureux coups du sort.

— Tu vas me porter la poisse, Alexandre ! objecte Ngazan. On la boira si mon livre est publié !

— Qu'un puissant prenne le temps de s'intéresser à toi, c'est déjà énorme. Il a flairé ton potentiel. Et puis Maurice Glénant est un type à peu près recommandable. Il n'est pas totalement cynique. Comme il fabrique des armes qui tuent des millions d'innocents, il a besoin de s'acheter une bonne conscience. Enfin, une bonne image surtout, car la bonne conscience, c'est bien pour se présenter devant Dieu tous les dimanches à la messe, mais ce n'est pas ça qui fait tourner le bizness. S'il parvient à te lancer dans les milieux littéraires, toi, la serveuse noire, fille du ghetto, les médias en redemanderont, et ce sera le jackpot pour lui !

— Quoi ? Tu veux dire qu'il s'est intéressé à moi juste parce que je suis noire et pauvre ? s'offusque Ngazan.

— Ton livre sera bon, et c'est ce qui sera déterminant pour lui. Et que tu sois noire et pauvre, c'est juste un plus : les contes de fées font toujours recette auprès des lecteurs, ma Cendrillon-bamboula chérie !

Ngazan fait mine de protester.

— Bamboula qui ? Espèce de raciste !

— *Pop's !* conclut le bouchon de champagne.

17

Elle avait passé des nuits exaltées devant le Mac d'Alexandre, les caractères titubant sous ses yeux cernés. Elle voulait que l'échantillon de texte qu'elle enverrait à Maurice Glénant soit parfait. Elle triturait chacune de ses phrases, ses mains parcouraient le clavier frénétiquement, tels les doigts d'Evgueni Kissine arrachant d'un Pleyel les notes tourmentées d'un nocturne de Chopin. Elle glissa toutes ses forces dans la fente de la poste des Abbesses, et le temps suspendit son vol.

Elle voulait chasser ces feuillets de sa pensée, mais ils squattaient son bulbe rachidien. Elle pensait au coup de fil qui viendrait la délivrer, elle, la jeune fille fiévreuse d'espérance. Elle attendait un appel de sa destinée. Tant qu'il ne serait pas celle de sa vie, le Voodoo Lounge était l'antichambre de sa mort.

— *Bip*. Bonjour, mademoiselle Belinga, je suis Valérie, l'assistante de Nicole Sabran aux éditions Nozières. M. Glénant a transmis votre manuscrit à Mme Sabran, elle souhaiterait vous rencontrer rapidement. Merci de bien vouloir me rappeler. A très bientôt. *Bip*.

Ngazan ne connaissait pas encore cette Mme Sabran, mais elle la bénissait déjà, elle et sa descendance, sur douze générations.

Valérie lui proposa un rendez-vous le 1er avril. Elle refusa. Pas question de tout faire capoter si près du but. Et puis son manuscrit n'était pas un poisson. « Oui, le 2 à 10 heures, ce sera parfait. »

Elle quitta l'appartement trois quarts d'heure avant l'entretien. Un blizzard à terrasser le plus robuste des moujiks l'accueillit. Tu parles d'un printemps ! Ngazan frissonna et hâta le pas, calquant la démarche pressée des Parisiens. « Au fond, se dit-elle, histoire d'étouffer son appréhension par des conversations badines avec elle-même, les experts qui analysent du matin au soir les causes du sous-développement n'ont rien compris. Dans ces pays de glace comme la France, impossible d'être paresseux. On travaille, et vite, pour se réchauffer. Chez nous, comment pourrait-on être aussi productifs avec cette chaleur qui nous terrasse, cette chape de feu qui s'abat sur nous toute la journée ? Le moindre mouvement nous épuise, alors on vit au ralenti, on somnole, on attend les heures fraîches. Elles arrivent la nuit, mais la nuit est faite pour dormir, et la journée a déjà filé, et nous restons sous-développés. » Cette pensée iconoclaste l'amusa. Si elle avait été blanche, on l'aurait taxée de racisme. Bien sûr, les choses n'étaient pas si simples. « Si nos dirigeants donnaient le bon exemple, et travaillaient dur au lieu d'aller faire des cures thermales à Baden-Baden avec l'argent du contribuable, nous n'en serions sans doute pas là, à sciencer pour émigrer. »

Elle s'engouffra dans le métro qui puait déjà l'œuf pourri malgré l'heure matinale. Pendant la demi-heure de trajet, sa générosité fut mise à l'épreuve par un accordéoniste qui torturait son instrument avec acharnement, insultant de son jeu bancal tous les musiciens, morts, vivants ou à venir ; un solide gaillard qui aurait pu sans problème décharger des caisses à Rungis s'il n'avait eu le cerveau enfumé par les paradis artificiels qu'il s'offrait avec le maigre fruit de sa tournée métropolitaine ; une dame flétrie qui écorchait Edith Piaf de sa voix éraillée par les aléas de la vie ; un Africain tout sourires qui déclamait des poèmes ; et enfin par un ventriloque qui avait tendu un rideau noir entre deux barres et tentait d'éclairer d'un sourire le visage éteint des passagers avec de drôles de marionnettes tricotées main. Sous les yeux de Ngazan défilait la frange honteuse de la France, la face sombre du pays des Lumières et de l'électricité.

Un portique et une volée de marches plus tard, c'est un autre monde qui l'attend, ignorant avec superbe les parias des souterrains. Saint-Germain-des-Prés. Ses magasins chic. Ses messieurs en pantalon de velours. Ses dames en Austin Mini.

Ses jeunes gens en manteau noir savamment décoiffés qui contemplent le vide, attablés aux terrasses, les yeux brûlant d'une éperdue souffrance métaphysique, leur mèche rebelle menaçant à chaque instant de choir dans leur tasse de café à quatre euros. Plus tard, Ngazan apprendra qu'ils sont aspirants écrivains, ou journalistes urbains, ou parasites patentés, et que pour eux, le comble du désespoir est de ne pas avoir été invités à la remise du prix de Flore. Saint-Germain-des-Prés et ses maisons d'édition nichées dans des hôtels particuliers à la façade discrète.

— Bonjour, j'ai rendez vous avec Nicole Sabran, je suis Ngazan Belinga.

— *Bé* quoi ?

— Bélinga, ça s'écrit comme ça se prononce.

Elle patiente quelques minutes interminables dans un couloir aux murs ornés d'estampes japonaises, puis, enfin, une porte laquée s'ouvre. Une quadragénaire distinguée s'avance vers elle, le sourire aussi large que l'estuaire du Wouri.

— Boujour, Ngazan. Nicole Sabran. Ravie de vous rencontrer.

Elle a évidemment prononcé Enn'gazan, comme l'écrasante majorité des Français qui s'obstine à détacher le M ou le N initial du reste du nom, lorsque celui-ci est suivi d'une consonne. Pourquoi faire simple quand on peut faire compliqué ? Pourquoi prononcer Ntamack quand on peut prononcer Enn'tamack ? Ngazan déteste qu'on écorche son nom. C'est comme si l'on portait atteinte à son identité.

— Bonjour, madame. Je m'appelle simplement « Ngazan », tout attaché.

— Excusez-moi, votre nom est beaucoup trop joli pour le massacrer ! s'exclame Nicole Sabran.

Ce mea culpa sincère lui attire immédiatement la sympathie de Ngazan. Nicole Sabran a beau louvoyer dans le domaine ultraparisien de l'édition, elle semble tout droit sortie d'un roman de François Mauriac. Evanescente de blondeur et de minceur, habitée d'une imperceptible raideur, tout en elle trahit la bourgeoise de province. Ses yeux clairs se voilent par intermittence d'une brume mélancolique. Ngazan prend place dans le fauteuil en acajou disposé devant son bureau Art déco. Chassant les nuages de son regard, Nicole Sabran dévoile bientôt des prunelles bienveillantes :

— J'ai toujours pensé que mon métier d'éditrice s'apparentait à celui d'une sage-femme, commence-t-elle. Faire naître un auteur est une joie immense et rare, dans un milieu dévoyé par les stars de la plume mégalomanes et capricieuses dont on a malheureusement besoin pour vivre. Vous avez du talent et si vous acceptez notre contrat, je serai fière de vous aider à accoucher d'un chef-d'œuvre, dit-elle d'un ton posé tranchant avec le lyrisme de ses propos et le caractère étourdissant de la nouvelle.

Le cœur de Ngazan s'emballe :

— Vous allez me publier ? balbutie-t-elle.

— Je me mordrais les doigts de ne pas le faire ! Je veux d'abord que vous terminiez votre roman. Pour un premier ouvrage, un recueil de nouvelles est trop difficile à lancer. Nous le publierons après le roman, quand vous vous serez fait un nom, ce dont je ne doute pas un seul instant. Valérie a préparé un modèle de contrat, vous irez la voir en sortant de mon bureau, reprend la bonne fée blonde.

Au lieu d'exécuter, séance tenante, la danse de la joie sur le tapis persan de Nicole Sabran, Ngazan pose des questions pointilleuses et subsidiaires, comme si son cerveau n'avait pas enregistré l'information principale.

— Maurice Glénant a vraiment aimé ce que j'ai écrit ?

— Evidemment, et moi aussi, sinon vous ne seriez pas là !

— Je sais qu'il est très impliqué dans la lutte contre les discriminations et tout ça. Si je n'étais pas noire, est-ce qu'il vous aurait conseillé de me publier ?

— Enfin, Ngazan, la vie n'est pas un conte de fées ! Vous êtes douée, point. Alors ayez confiance en vous, rentrez en littérature et faites en sorte que la suite du livre soit aussi brillante que le début.

— Merci, murmure Ngazan, figée comme un automate.

— Remerciez Maurice Glénant surtout. Et vos parents, éventuellement.

« Vos parents. » Pour Ngazan, ce fut le déclic. Elle réalisa enfin. Le droit de préférence, les à-valoir et tous les termes pointus que lui expliqua Valérie ressortirent par son oreille gauche aussi vite qu'ils s'étaient engagés dans la droite. Se pouvait-il qu'elle, Ngazan Ella Belinga, fille des seigneurs de la forêt, qui maîtrisaient les forces de la brousse mais ignoraient tout de l'écriture, ait bientôt son nom apposé sur la couverture d'un livre, dans chaque librairie de France et de Navarre, et peut-être même à la papeterie moderne de Yaoundé ? Se pouvait-il que la vie porte en elle un semblant de cohérence, qu'elle n'ait pas mis par hasard sur son chemin la Princesse et tous ces livres français qui avaient soulagé son adolescence douloureuse ? Sans Maupassant et Molière, Radiguet et Voltaire, Frédéric Dard, Alexandre Dumas Père, Fils et Saint-Esprit, serait-elle là aujourd'hui, dans ce bureau lambrissé, à pleurer toutes les larmes de son corps, sous le regard dérouté et compatissant de la gironde Valérie ?

— C'est l'émotion, hoqueta la future écrivaine en acceptant de bon cœur un Kleenex et un cognac.

En sortant des éditions Nozières, lorsque sa voix fut de nouveau audible, ce n'est pas Alexandre qu'elle appela en premier lieu. Son bonheur, elle voulait l'offrir tout entier à sa mère. Elle voulait qu'il agisse comme un baume sur les blessures de sa vie.

— Salomé ? C'est toi ? fit-elle à la cousine qui avait repris sa call-box depuis qu'elle avait quitté le Cameroun. S'il te plaît, va chercher maman, je dois lui parler.

— Justement ! répondit Salomé de sa voix traînante, hachée par les parasites de la ligne. J'allais même te biper. Mfono Belinga est gravement malade, elle a été hospitalisée hier à la clinique Fouda. Depuis une semaine elle a le palu et hier elle n'a rien mangé. Elle était brûlante comme le soleil de midi à Kaélé. Il faut que tu envoies l'argent parce qu'on n'a pu payer que deux jours d'hospitalisation. On risque de la chasser.

Ngazan sentit le trottoir germanopratin se dérober sous elle.

— Est-ce qu'on la soigne comme il faut ? Qui est avec elle là-bas ? hurla-t-elle. Personne ? Tu sais qu'on laisse mourir les gens sans problème dans les hôpitaux du pays ? Vous êtes sûrs que personne n'a détourné l'argent des médicaments, qu'on lui a bien donné les cachets ?

— On est là, on prie, répondit laconiquement Salomé.

— Salomé ! Tu es en train de me dire que tu restes les bras croisés alors que ma mère est en train de mourir ? Tu vas fermer immédiatement la call-box. Dans moins d'une demi-heure, j'envoie de l'argent par Western Union, tu attrapes un taxi et tu vas à l'agence de Yaoundé. Prends le portable et n'oublie pas ta pièce d'identité, je te rappelle pour te donner le numéro de dossier et le mot de passe. Pars tout de suite !

Dans un éclair de lucidité, elle se souvint qu'une des cousines de la Princesse était pédiatre à la clinique Fouda. Comme d'habitude, un enregistrement princier l'invita à laisser un message.

— Allô, c'est Ngazan, c'est urgent. Maman a été hospitalisée à la clinique Fouda, une crise de palu qui dégénère. S'il te plaît, appelle ta cousine qui travaille là-bas, dis-lui de veiller à ce que l'on s'occupe bien d'elle.

La solidarité africaine se mit en branle. *Via* Western Union, Salomé récupéra les 90 euros envoyés par Ngazan. La Princesse *overdeborded* freina des quatre fers dans sa course folle vers le succès pour joindre sa cousine pédiatre. « Et puis j'ai appelé un ami à Air Cameroun, tu as une place ce soir, va au chevet de ta maman et ne fais pas de chichis, tu me rembourseras quand tu auras fait fortune avec ton livre. » Gilles, l'homosexuel africaniste, lui accorda un congé illimité. Alexandre la serra très fort dans ses bras moelleux devant le sas de la police des frontières à Roissy :

— Ngazan toute-puissante, transmets ta force à Maman Belinga.

Même l'avion d'Air Cameroun avait exceptionnellement réussi à décoller à l'heure.

Mesdames, mesdemoiselles, messieurs, ici le commandant Meka... Quelques informations sur notre vol... Nous avons atteint notre altitude de croisière, 10 700 mètres, et survolons actuellement Montpellier à une vitesse de 880 kilomètres à l'heure...

Tiens bon, maman, j'arrive avec une bonne nouvelle.

« Nous allons donc bientôt quitter la France pour traverser la Méditerranée et gagner l'Algérie... »

Maman, je ne dis pas que j'ai réussi dans cette France où la gloire ne dure que le temps d'un orage équatorial et où les grands d'aujourd'hui sont peut-être les mendiants de demain, mais au moins j'ai réalisé mon rêve et je suis riche de ce bonheur.

« Cap sur Tamanrasset et ensuite survol du Niger et du Nigeria... »

Maman, tu ne marcheras plus des kilomètres sous un soleil de plomb, ta lourde marmite sur la tête, pour rassasier tes clients du tournedos. Je t'achèterai des machines à coudre, je paierai les premiers salaires de tes couturières, et *kliketi kliketi*, tu pourras ouvrir ton atelier : « Les ciseaux d'or de Mfono Belinga, haute couture camerounaise ».

« A hauteur de Kano nous bifurquerons vers le sud-est direction la Cross River et la frontière camerounaise... »

Maman, tu m'as choyée protégée tant que tu l'as pu mais tout l'amour que tu m'as transmis par tes caresses tu ne me l'as pas dit parce que chez nous en Afrique on bavarde beaucoup sauf sur les choses du cœur. Par pudeur, ou par peur du poids des mots.

« *A hauteur de Dschang nous entamerons notre descente..* »

Au pays des Blancs, j'ai appris à dire je t'aime à mon mari. Mais cette déclaration d'amour n'est rien au regard de ce que je te dis, là-haut dans les nuages, ce que je te répéterai dans quelques heures, ma bouche contre ton front brûlant : je t'aime, maman. Tiens bon, j'arrive.

« *... Atterrissage prévu à Yaoundé à 6 h 20 heure locale.* »

La crise de malaria de Mfono Belinga s'était doublée d'une méchante pneumonie. Ngazan la trouva inconsciente, sa vie suspendue au goutte-à-goutte de la perfusion. Elle paya les infirmières pour avoir le droit de rester avec elle même la nuit. Pendant trois jours, elle ne lui lâcha pas la main, sauf pour aller houspiller les médecins et s'assurer que tout était tenté pour sauver sa mère. Elle avait envoyé Pulchérie au village avec mission de ramener une vieille amie de Mfono Belinga, chef de chorale à Bikwoué. Perclue d'arthrose, Melania ne s'était pourtant pas fait prier pour venir égayer la triste chambre d'hôpital de chants d'allégresse qu'elle fredonnait doucement à l'oreille de la malade.

Enfin, Mfono Belinga émergea des ténèbres. Ses premières paroles furent pour Ngazan.

— Toi tu fais quoi même ici ? N'est-ce pas la France t'attend ?

18

L'intense jubilation du point final. La vie lui avait donné le verbe, le verbe avait pris vie sous sa plume. L'immanence était bien là, enfouie sous les soubresauts de son existence. A moins que la force des seigneurs de la forêt ne l'ait guidée, les nuits sans sommeil qu'elle avait passées, son front volontaire penché sur un écran qu'elle n'arrivait pas à remplir, saisie de l'angoisse de la page blanche. « Va, vis et deviens », lui avaient-ils chuchoté, paraphrasant le titre sublime d'un film qu'elle était allée voir, quelques semaines avant ce point final. Son premier bébé pesait 123 feuillets. Lorsqu'elle serait en paix, elle penserait au deuxième. Un Carayou coloré, n'en déplaise à Madeleine et Lucien.

Alexandre s'était effacé, ces dernières semaines, pressentant qu'il n'avait pas sa place dans cet ultime tête-à-tête entre Ngazan et son texte. Jusqu'au soir où elle l'invita au Rio dos Camaroes, le meilleur restaurant africain de Paris, dirigé d'une main gourmande par un chef camerounais distingué qui, comme l'homme de sa vie, portait le nom du grand conquérant. Une bouteille de Piper Heidsieck Cuvée Sauvage les attendait, prélude à une farandole de délices présentée par le chef en personne, virevoltant en habit et toque jaunes *made in Savile Row, London, England,* parce que « ces puristes de Français n'imaginaient pas un cuistot autrement qu'en tablier blanc ».

Ngazan leva sa flûte rose et pétillante de bonheur.

— A mon accouchement ! Accouchement au forceps, comme tu as pu le constater. J'ai enfin fini mon livre, Alexandre. Je te le dédie. C'est à toi que je le dois. Quand je repense à notre rencontre... Au Caveau j'ai trouvé mon ange, qui l'eût cru ?

Alexandre éclata de rire.

— Si tu croises Dieu, tu lui diras que ses anges traînent vraiment n'importe où ! Merci, Ngazan, je suis très flatté, mais tu sais, cette œuvre est entièrement la tienne, rendons à Ngazan ce qui appartient à Ngazan ! énonça-t-il solennellement en faisant chanter le cristal de leurs coupes jointes, les yeux brillants de fierté.

Ngazan n'avait jamais bu autant de champagne de sa vie. Nicole Sabran avait fait surgir une bouteille glacée d'un minibar habilement dissimulé derrière l'un des rayonnages de son sage bureau. Au Voodoo Lounge, Maurice Glénant avait demandé au manager l'autorisation de trinquer avec Ngazan pendant son service. Au comble de la joie pour sa « dame créole », il frétillait comme un gardon échappé d'une coupelle de sauce tartare.

— Bon, on va mettre le paquet sur la promo. Photos chez Sipa, cocktail de lancement à la Closerie des Lilas, reportage dans *Gala* — vous accepteriez de poser avec votre mari, dans votre village au Cameroun ? —, toutes les télés et tout le toutim.

Ses collaborateurs compassés ne l'avaient pas vu aussi excité depuis des lustres.

Elle avait donc posé comme un mannequin. Chemise blanche et bras sagement croisés, pour la quatrième de couverture, parce qu'une écrivaine, c'est une jeune fille sérieuse en col Claudine, pas une pin-up au décolleté outrancier. A l'inverse, chez Sipa, le photographe lui avait demandé d'être sexy et délurée, parce qu'il fallait bien que l'agence les vende, ces photos. Alors on lui avait prêté des vêtements aussi courts que coûteux, du champagne pour la désinhiber — « Encore ! Vous voulez me rendre alcoolique ? » —, un *bass-booster* et des CD disco pour qu'elle puisse onduler son corps, parce que la beauté était la marchandise la plus facilement monnayable, parce que si elle faisait bander les acheteurs, c'était gagné, qu'elle soit aspirante pop star, top model en herbe, espoir de la télé ou jeune écrivaine douée.

Le 12 janvier, quelques jours après la sortie officielle de *Pygmée-Party*, elle se rendit à la

Fnac des Halles. Elle s'avança, timidement, à petits pas, vers le rayon « littérature de langue française », guettant son nom sur les présentoirs. Chou blanc. Rongée par la déception, elle s'avança vers la borne information.

— Je cherche le roman de Ngazan Ella Belinga.

— Nga qui ? ? ?

Belinga B-E-L-I-N-G-A. Le livre s'appelle *Pygmée-Party.*

— *Pygmée-Party*, bien sûr ! s'exclama le vendeur. On l'a reçu en avant-première il y a quinze jours. La truculence de Calixthe Beyala, le lyrisme saignant de Saint-John Perse, la dérision de Martin Amis, remarquable ! Il est juste à droite des escalators, parmi les « coups de cœur ».

— Mais avec toutes ces citations, vous voulez dire que l'auteur n'a pas de style particulier ? balbutia Ngazan, légèrement décontenancée.

— Mademoiselle, la littérature a plus de trois mille ans, alors c'est forcément un éternel recommencement, lâcha doctement le commis littéraire.

Qu'importe. Son nom était bien là, apposé sur cette couverture ivoire façon papier crépon. Elle ne résista pas à une poussée de fièvre vaniteuse, et l'immortalisa avec son Sony Ericsson. *Clic clac Kodak,* en boîte pour la postérité, *beedee-beebop*, voilà que son mobile sonnait.

— Ngazan ? Aïcha Belatif, service de presse des éditions Nozières. J'ai une bonne nouvelle pour vous. Théophraste Morlet vous veut dans son talk-show. Vous savez que « Le buzz en ville » fait littéralement décoller les ventes d'un livre ? C'est super, non ?

— Oui, merci, merci. Excusez-moi, Aïcha, j'ai un double appel je peux vous rappeler ?

— Bien sûr. L'enregistrement aura lieu le 15, je dois absolument vous briefer avant.

— Allô ?

Un raclement de gorge lui répondit.

— Bonjour, Ngazan, c'est Lucien. Hum. Je sais que vous ne nous portez pas dans votre cœur. Nous avons eu une première approche un peu... difficile. Madeleine et moi espérons que vous nous donnerez la chance de nous rattraper. En tout cas nous avons lu l'article sur vous dans *Télérama* et voulions vous féliciter. La prochaine fois que nous irons à Toulouse nous achèterons votre livre.

— Merci, Lucien, mais ne vous dérangez pas, je vais vous l'envoyer. Je suis heureuse que vous m'appeliez. Si vous êtes d'accord, Alexandre et moi aimerions descendre à la Ramondié un week-end pour fêter la sortie du livre.

— Avec plaisir, Ngazan ! Madeleine vient de finir des bocaux de foie gras au torchon, vous m'en direz des nouvelles !

— Lucien, excusez-moi, je dois vous laisser j'ai un double appel.

— A bientôt, Ngazan et passez le bonjour à vos parents, j'espère que nous aurons l'occasion de les recevoir !

— Allô ?

— *Yes*, Ngazan, *yes* ! Tu as acheté *Voici* aujourd'hui ? Frédéric Beigbeder t'a consacré sa chronique ! « 5 bonnes raisons de faire la fête avec Ngazan Ella Belinga et ses Pygmées » ! clama la Princesse tout schuss dans sa poudre blanche. Ngazan, tu as commencé à écrire l'adaptation cinéma j'espère ? Il n'y a que toi qui puisses interpréter le rôle. Il faudra que tu prennes quelques cours de théâtre, j'ai une copine qui a fait la Rue Blanche et est restée en très bons termes euh... horizontaux avec le directeur, on devrait pouvoir arranger ça. Dis, Ngazan, tu me trouveras bien un rôle dans le film, hein ? Celui de la Princesse m'irait comme un gant, tu ne trouves pas ?

— Oui oui, tout ce que tu voudras. Oh ! Si tu savais comme je suis heureuse ! Je sors de la Fnac à l'instant, j'ai vu mon livre en magasin pour la première fois. Ce n'est pas le plus beau jour de ma vie, ça c'était mon mariage... c'est plus fort... en fait c'est le plus beau jour de l'éternité ! *Bip bip !* Encore ! C'est incroyable, mon téléphone n'arrête pas de sonner ! Excuse-moi, je dois te laisser, j'ai un double appel.

— Allô ? Bénédicte Doisne, de *Viouvv* !, « le journal des VIP qui sont comme Vous ». Chère Ngazan, nous aimerions beaucoup faire un reportage au Cameroun avec votre mari, dans votre village. Vous devez être une star là-bas maintenant ?

— Euh, à dire vrai, au village ils ne doivent même pas savoir que j'ai sorti un livre en France, bafouilla Ngazan, dépassée par cette frénésie nouvelle.

Cette allusion à Bikwoué lui faisait soudain prendre la mesure du chemin parcouru. En moins de deux ans, sa vie avait changé. Pas elle. Le décalage était vertigineux.

— Génial ! Encore mieux ! On va la jouer « retour de l'enfant prodigue ». On va dépêcher le meilleur de nos grands reporters, il a couvert le mariage de Charles et de lady Di, la mort de lady Di et Dodi, une vraie pointure. Dites-moi, je sais que les villages pygmées sont très isolés. Il y a combien de jours de marche pour arriver chez vous ?

Cette question surréaliste rendit à Ngazan toute sa lucidité. Une lueur malicieuse se dessina dans ses yeux.

— La dernière mission ethnologique qui est venue a affrété un hélicoptère, c'est plus sûr. Il y a parfois des caïmans sur le chemin.

— Des caïmans ? Mon Dieu, quelle horreur ! Bon, je vais voir avec mon boss pour le budget hélicoptère et je vous rappelle.

Ngazan n'en revenait pas. Non seulement cette dame qui travaillait pour un journal réputé l'avait prise pour une Pygmée, probablement à cause du titre du livre, mais en plus elle avait gobé son bobard. Vraiment, ils sont fous ces Gaulois ! La sonnerie du portable retentit à nouveau.

— Allô ? Ici Maud de Crécy, l'assistante de Don Schmoll. Vous avez rencontré Don à l'issue d'un de ses défilés, il s'est souvenu de vous en lisant l'article dans *Paris Match*, un écrivain taille mannequin, on n'en croise pas tous les jours ! Il serait ravi de pouvoir compter sur vous pour son prochain défilé automne-hiver. Ngazan sur les podiums, c'est extra, non ?

Visiblement, Dieu avait appuyé sur le champignon. Malgré sa joie, cette sève qui coulait en elle et la rendait plus vivante que jamais, elle avait deux trois trucs à lui dire. OK, Dieu, tu as eu la bonté de t'occuper de moi, même si j'ai cessé de croire en toi lorsque j'ai subi les meurtrissures de la chair. Mais n'oublie pas les miens, Dieu ; si tu veux qu'on soit copains, allège aussi leur quotidien.

— Pfff, ne me surestime pas, ce qui t'arrive, je n'y suis pas pour grand-chose, lui rétorqua Dieu, vautré sur son nuage, tandis qu'il écoutait distraitement deux chérubins dérouler la *Traviata* sur leur lyre céleste.

19

Abdelkader, l'Arabe d'en face, avait halluciné derrière ses cageots d'oranges molles à cinq euros le kilo : une limousine blanche s'arrêtait dans un feulement courtois, à deux mètres de sa devanture, en pleine Goutte-d'Or ! Deux caméramen en descendirent, se positionnèrent devant la porte écaillée de l'immeuble contigu, leur lourde machine carrée au creux de leur cou robuste, les yeux dans le viseur, concentrés malgré la nuée rigolarde de *zyvas* qui faisaient des doigts devant leur caméra. Un grincement électrique, et la porte s'ouvrit. Ngazan s'avança, altière, le demi-sourire de la Joconde sur les lèvres. « Bois deux coupes de champagne avant l'émission ! Tu auras le sourire décontracté, le verbe fluide et l'œil télégénique », lui avait rappelé la Princesse Chaperon. Le pas mesuré, la démarche chaloupée sans ostentation, elle se dirigea vers la portière, et se laissa glisser avec élégance sur la banquette en cuir beige, ses jambes de gazelle esquissant une aérienne arabesque dont Abdelkader devait se souvenir longtemps après, lorsqu'il aurait pris sa retraite dans le Djebel Kehouane. « Il faut que tu travailles ton mouvement quant tu monteras dans la limousine, ça n'a l'air de rien, mais c'est extrêmement compliqué de grimper dans une limo en jupe avec grâce et sans montrer sa culotte, hi hi hi ! », avait souligné la Princesse, incollable en staratittudologie. Au bout du fil, Ngazan avait cru entendre glousser Heather Boyard.

Cette minute warholienne gravée pour la postérité, voilà qu'elle rongeait son frein depuis une heure dans une loge de la pompidolienne Maison de la Radio. Elle n'avait pas voulu qu'Alexandre l'accompagne à l'enregistrement du « Buzz » : il lui aurait collé le trac. L'estomac gonflé de petits fours mousse de céleri-jambon Pata Negra de la Mancha y Patacón, le cerveau menaçant à chaque instant de s'envoler, porté par les bulles de Mumm dont un assistant de Théophraste Morlet ne cessait de l'abreuver, elle se demandait quand s'achèverait son calvaire dans l'antichambre cathodique.

Pour passer le temps, elle arpenta les couloirs et se mit à observer la faune qui s'y agitait. S'agiter, le terme était d'ailleurs faible. Les gens étaient comme prisonniers d'un magnétoscope désespérément bloqué sur la touche « accéléré ». On aurait dit qu'ils avaient été piqués par les mout-mout. « Vous allez où comme ça ? Si c'est la mort que vous fuyez, vous savez, elle vous rattrapera toujours », songeait Ngazan. Depuis le temps qu'elle patientait, elle s'était familiarisée avec la hiérarchie en vigueur dans la fourmilière audiovisuelle. Les droïdes harnachés de pied en cap, équipés de casques, de rouleaux de scotch noir, de boîtiers compliqués et saucissonnés par des câbles dans lesquels ils menaçaient de se prendre les pieds à chaque instant, c'étaient les techniciens. Ceux à qui le présentateur n'avait même pas jeté l'ombre d'un regard lorsqu'il avait traversé à grandes enjambées le couloir desservant les loges pour aller accueillir le chef d'un puissant parti politique. Les jeunots qui arboraient des Converse roses et une expression pénétrée comme si la CIA, la DGSE et le FSB réunis les avaient soudain chargés de sauver la planète contre une invasion de martiens gluants, c'étaient les assistants de production. Lorsqu'ils s'adressaient au présentateur, ils courbaient légèrement l'échine, comme les plantons de la fonction publique camerounaise devant leur omnipotent ministre. Une attitude entre déférence et réflexe de survie : l'ire éventuelle du présentateur, à défaut de leur *gleurbiser* la cervelle à la martienne, pouvait les conduire droit au guichet Assédic, l'endroit le plus sûr de France pour attraper une dépression. La momie brune qui ne s'exprimait que par l'invective ou l'aboiement devait être la directrice de la chaîne, en tout cas quelqu'un d'important, forcément, autrement les videurs à l'oreillette affairée l'auraient depuis longtemps éjectée des lieux pour cause de nuisance sonore aiguë assortie de troubles à l'ordre public. Elle ne baissait le volume que pour s'adresser au présentateur. Elle adoptait alors le ton doucereux de la nounou diabolique dans les films d'horreur. Si Ngazan avait eu vingt ans de moins, elle l'aurait prise pour une sorcière et aurait couru se réfugier dans le kaba ngondo de sa mère.

Ngazan poursuivit son exploration, parvint à l'entrée du plateau d'enregistrement et écarta le rideau noir pour jeter un coup d'œil timoré au public.

— Il contient l'indispensable absolu, c'est le...

— Buzz en ville ! scanda le public, galvanisé par le chauffeur de salle.

L'assistant de production n° 12 s'approcha de Ngazan.

— L'enregistrement va bientôt commencer, on va vous équiper d'un micro, on vous filme *backstage* en mouvement pour raccorder avec la séquence limousine en bas de chez vous, et dès que vous entendez votre nom, vous déboulez sur la scène par cette rampe. Dynamique surtout, le pas alerte et conquérant, OK ?

— A vos ordres, lieutenant ! répondit Ngazan.

Evidemment, l'assistant avait parlé en mode accéléré, et elle n'avait retenu qu'un mot sur deux.

Roulement de tambour. *Pakadam Pakadam*, tam-tam dans son cœur, pic de trac. Vite, psalmodier une prière incantatoire, une chanson express du courage, par elle-même et pour elle-même, dans le silence de son ventre :

Je vais passer à la télé oohh
Je ne me laisserai pas intimider ehhh
Je suis Ngazan Ella Belinga ooohh
Lionne Indomptable du Cameroun eeehh
J'ai un peu peur oooh
Beaucoup même, je transpire comme un ours polaire égaré dans la forêt de Bikwoué ehhh
Calme-toi mami oohh...
Depuis quand le coq gaulois mange le lion ?

« Elle vient des ghettos du Cameroun, elle n'a pas son bac et pourtant c'est la révélation littéraire de ce début d'année. Mesdames Mesmoiselles Messieurs je vous demande d'accueillir Ngazan Ella Belinga ! » clama le présentateur, propulsé par le rail qu'il s'était au préalable administré par voie nasale, non pas que Ngazan fût mauvaise langue, simplement elle l'avait vu sortir des toilettes en reniflant.

Cette fois le magnétoscope resta bloqué sur la touche pause : la plus belle chute de reins du quartier Essos, le sourire le plus dévastateur de la province du Centre et la peau la plus veloutée du Cameroun faisaient leur apparition sur la rampe, statuaire triptyque irradiant le plateau et figeant le public dans une expression d'extase. Raphaël n'aurait pas fait mieux en son temps.

Avec ses manières de bonimenteur, le présentateur rompit le charme.

— Bonsoir, Ngazan. Ça veut dire quoi Ngazan, en camerounais ?

— Quel camerounais ? Il y a cent vingt-trois dialectes au Cameroun !

— Ah ! elle a de la repartie la demoiselle ! Vous avez donc publié un roman très remarqué par la critique, et ce qui est dingue, c'est que vous n'avez même pas votre bac !

— Je prends des cours par correspondance, j'ai bien l'intention de le décrocher en juin.

— Volontaire je vois ! Vous venez d'une famille pauvre. Dans votre livre, vous décrivez ces ghettos de misère dans lesquels vous avez grandi. Comment vous êtes-vous retrouvée écrivain en France ?

— Enfant puis adolescente, je lisais beaucoup. Des livres français que me prêtait une voisine plus riche. De fil en aiguille, je me suis mise à écrire...

— Oui mais comment êtes-vous arrivée en France ?

— J'ai rencontré un Français que j'ai aimé.

— Parce que si vous ne l'aviez pas aimé vous ne seriez pas venue ?

— C'est quoi cette question ? Vous suivriez, vous, dans un pays inconnu, quelqu'un que vous n'aimez pas ?

Déstabilisée, la lionne se transformait en gazelle. Ngazan était sur la défensive. Théophraste Morlet sentit la faille et s'y engouffra.

— Vous avez peut-être vu en lui une occasion de venir en France, comme toutes ces filles que vous décrivez dans votre livre, et qui cherchent un Occidental pour mener une vie meilleure en Europe...

Ngazan n'avait aucune envie de se justifier sur ses liens avec Alexandre. Leur histoire d'amour n'appartenait qu'à eux. Elle décida de botter en touche et lança, un brin provocatrice :

— Vous pensez vraiment que la vie est meilleure en Europe ?

Théophraste Morlet mordit à l'hameçon.

— En tout cas vous n'êtes pas tendre avec l'Afrique. Sous votre plume c'est un pays qui...

— L'Afrique est un continent, pas un pays, Théophraste Morlet, coupa sèchement Ngazan. Tout en nuances, donc, ce que vous Occidentaux avez tendance à oublier. Les ghettos camerounais que je décris sont aussi éloignés des quartiers cossus de Pretoria que la Finlande high-tech de la Corse, de ses bergers et de leurs fromages de chèvre artisanaux si coulants qu'ils changent de placard pendant la nuit. (Rires du public.) Il y a mille et une réalités en Afrique, une Afrique que trop souvent vous réduisez à un enfer fait de guerres, de famines et de souffrances. Tous les Africains ne rêvent pas de vivre en Europe comme certains de mes personnages. Parce que l'Afrique a des richesses, qui apparaissent en filigrane dans mon livre : l'humanité, la solidarité, la capacité de jouir du peu que l'on a, et d'être heureux malgré tout. Vous avez déjà entendu parler d'Africains suicidaires ?

Le verbe solennel de la palabre villageoise coulait en elle et éclaboussait le plateau. Ce soir, Bikwoué colonisait le Buzz.

— Oh là ! On a une tiers-mondiste je vois !

Ngazan reprit le dessus et poursuivit avec un sourire presque tranquille :

— Soyez ironique, Théophraste Morlet, si vous le souhaitez. L'ironie est le bouclier du faible. Ce que je suis juste en train de dire, c'est que l'Occident devrait s'intéresser un peu plus à ce que l'Afrique peut lui transmettre de positif, au lieu de la considérer avec votre condescendance déguisée en compassion.

Un set partout. Dégoulinant sous les projecteurs du plateau, Ngazan se sentait pourtant ragaillardie. Mais Théophraste Morlet ne lui lâchait pas le mollet.

— Humanité, solidarité... Mais ces ministres auxquels vous faites allusion dans votre livre, qui confondent le trésor public avec leur compte-chèques, on ne peut pas dire qu'ils soient solidaires !

— Vous parlez d'une minorité. La majorité des Camerounais, par exemple, ne laisseraient pas un membre de leur famille dormir sur le trottoir. Chez nous, les SDF, on ne connaît pas, on n'imagine même pas que cela puisse exister.

— Dites donc, vous êtes dure avec la France. Vous ne seriez pas un peu ingrate ? C'est quand même grâce à un Français que vous êtes ici, non ?

— N'essayez pas de me faire passer pour une raciste. J'aime les Français, j'aime leur art de vivre, et j'aime profondément leur littérature. Mais si je suis en France, c'est parce que j'ai aimé un homme, point. Lorsque je l'ai rencontré, je ne lui ai pas demandé son passeport. Lorsque je suis tombée amoureuse, cela m'était égal qu'il soit zimbabwéen, croate, papou ou ariégeois.

— Enfin, s'il avait été zimbabwéen, vous n'auriez pas signé votre roman chez le principal éditeur français. Utile votre amoureux quand même, non ?

Foin du ton policé des palabres de Bikwoué : face à l'attaque, Ngazan convoqua le principal travers des Ewondos, un défaut qui, dans certaines circonstances, pouvait se transformer en qualité : leur grande gueule, doublée à l'occasion d'une mauvaise foi légendaire.

— Quel est le rapport ? Qui a écrit le livre ? Mon amoureux ou moi ?

— Ngazan, vous réagissez comme si je vous agressais, je veux juste vous mettre face à vos contradictions !

— Des contradictions que vous inventez parce qu'une bonne prise de bec, c'est meilleur pour l'audience qu'une conversation littéraire ! Evidemment, c'est plus facile pour vous, puisque vous n'avez sans doute pas lu mon roman.

— Alors là, Ngazan, vous y allez fort, je vous signale que je respecte mes invités, même si vous semblez en douter. Je lis leurs livres.

— Alors comment s'appelle ma mère dans le livre ?

— Oh ! vous aussi vous avez des noms tellement compliqués chez vous...

Une bouffée d'adrénaline envahit le corps de Ngazan. Théophraste Morlet allait payer pour tous les hommes qui l'avaient humiliée. Aujourd'hui, son pouvoir dépassait celui de dire non. Elle n'était plus la jeune fille inquiète sur la passerelle de l'aéroport de Roissy, intimidée par ce pays dont elle n'avait pas les clés. Aujourd'hui, elle maîtrisait les règles du jeu. Demain, on parlerait d'elle dans les journaux.

— Excuse à deux francs CFA. Ce n'est pas compliqué du tout. Même nom que le mien, Belinga, prénom Mfono. Son nom est cité à plus de trente reprises dans le livre. Si vous ne vous en souvenez pas, c'est que vous ne l'avez pas ouvert. Ne m'interrompez pas, Théophraste Morlet. Je sais, je vous demande un grand effort puisque vous avez la fâcheuse habitude de parler plus que vos invités. Si vous n'avez pas lu mon roman, je ne vois pas l'intérêt de poursuivre cette conversation. Mon livre est une déclaration d'amour aux miens et à la littérature française qui m'a permis de survivre pendant des années difficiles dont je n'ai pas envie de parler. Je suis profondément désolée que cette déclaration d'amour soit occultée par cette joute verbale stérile. Je remercie les lecteurs qui me pardonneront cet écart cathodique et auront envie de me lire. Bonne fin d'émission, Théophraste Morlet.

La plus belle chute de reins du Cameroun prit son envol, ses fesses arrogantes s'éloignant sous un tonnerre d'applaudissements que ne parvint pas à contenir le chauffeur de salle malgré ses « hou ! hu ! » et autres hululements de chouette désespérés.

Loin, très loin, par-delà la Méditerranée et les dunes du Hoggar, à Yaoundé, dans la nuit turbulente peuplée de l'écho sourd des bars où l'on noie les problèmes dans des bières mousseuses et sous des décibels pétaradants, une lumière dansait dans les yeux d'une mère. Discrètement recroquevillée sur un tabouret, dans un coin du salon de la villa princière, en retrait derrière le père de la Princesse qui trônait dans son fauteuil Chesterfield face à l'écran plasma, Mfono Belinga contemplait Ngazan. L'éclat de sa fille inondait la pièce. Les ondes qu'interceptait l'antenne parabolique n'en avaient pas perdu une miette au cours de leur long voyage. Ngazan lui parvenait de tout son être. Et l'orgueil de la mère se mêlait à celui de la fille, cet orgueil des seigneurs de la forêt, qui déborde, impétueux comme le fleuve Nyong, noir et bouillonnant, cet orgueil indomptable qui les pousse à l'insensé : croire qu'ils sont libres.

Merci à Françoise, Muriel, Alexandre et Denis.

Ma gratitude va également à tous les lieux qui ont vu grandir Ngazan : Tenay, Yaoundé, Kribi, Dakar, Ouagadougou, Nazinga, Positano, Stromboli, Gosier, Les Saintes, La Barbade, Antigua, Roma, Venezia, La Lauzière d'Assac.

LEXIQUE

Bas-la-terre : mouvement de danse qui consiste à descendre progressivement le bassin vers le sol.
Chop : nourriture. S'utilise en nom ou en verbe. Chop signifie donc aussi manger.
Concolibong : au sens propre, qui a une grosse tête. Au figuré, laid.
Coupé-décalé : mot issu d'une danse ivoirienne, passé dans le vocabulaire usuel et qui désormais se conjugue.
Dégammer : commettre un impair, ou, version familière, ne pas assurer.
Deuxième bureau : maîtresse.
Do : argent. Vient de « dollars ».
Faire le beubeup : crâner.
Flop : beaucoup.
Fréquenter : aller à l'école.

Gaou : benêt, naïf. Mot ivoirien, popularisé par le tube célèbre jusqu'en France, « Premier Gaou », des Magic System.

Gâté : en panne, cassé, hors service. Ne pas confondre avec « *se gâter* ».

Gâter (se) : s'étourdir, faire la fête.

Gérer : entretenir, sortir avec.

Go : fille (déformation de l'anglais girl).

Itinéraire bis : couples adultérins.

Jon : se soûler (déformation de l'anglais *to drink*).

Kaba Ngondo : ample robe froncée au niveau du buste puis largement évasée, traditionnellement portée par les femmes.

Kapo : homme qui a de l'argent ou du pouvoir.

Kwassasseurs : qui danse le kwassa kwassa, une danse congolaise.

Lap : rire (déformation de l'anglais *to laugh*).

Maquis : petit restaurant plus ou moins clandestin dans une habitation privée. Synonyme : « circuit ».

Mbeng, Mbenguiste : la France, qui habite en France.

Meilleur petit : petit copain.

Miondo : pâte de farine de manioc disposée en longueur dans une feuille de bananier puis cuite à la vapeur. L'ensemble forme un mince bâtonnet que l'on déguste en accompagnement après avoir retiré la feuille externe.

Mo : beau, mignon.

Mouf : interjection signifiant le mépris.

Mout-Mout : insecte microscopique qui se manifeste à la tombée de la nuit dans les zones forestières et provoque des démangeaisons.

Mouvement : bringue, fête.

Ndolé : célèbre plat camerounais à base d'arachides et de feuilles vertes qu'il faut laver à grande eau pour en atténuer l'amertume.
Ndomboleur : qui danse le ndombolo, une danse congolaise populaire dans toute l'Afrique.
Pardon : dans de nombreux pays d'Afrique signifie aussi « s'il te plaît ».
Rare : au Cameroun, signifie aussi « bizarre ».
Sciencer : réfléchir.
Tchat : draguer (vient de tchatche).
Tchotchoro : petit joueur.
Ton pied mon pied : qui ne se quitte pas d'une semelle.
Vex : se fâcher.
Waka : marcher (déformation de l'anglais : *to walk*).
Ya : compris, comprendre (déformation de l'anglais *to hear*, entendre).

Table

Cet ouvrage a été composé et imprimé par la
SOCIÉTÉ NOUVELLE FIRMIN-DIDOT
Mesnil-sur-l'Estrée
en décembre 2005

Édition exclusivement réservée aux adhérents du club
Le Grand Livre du Mois
15, rue des Sablons
75116 Paris
réalisée avec l'aimable autorisation des Éditions Plon

Dépôt légal : janvier 2006
N° d'impression : 76540
ISBN : 2-286-01796-4

Imprimé en France